各领风骚数百年

——中国传统诗歌形式概览

张其峰 编著

河南文艺出版社
·郑州·

出版说明

《各领风骚数百年》是一本系统阐释具有三千年光辉历史的七种中国传统诗歌形式及代表性作家作品的文艺性知识性读物。书中着重讲述的是我国从四言体诗、楚辞体诗直至近体诗、词、散曲的发展简史、诗体特征、写作要领以及辉煌成就。读者阅读本书,不仅可对丰富多彩的中华古典诗歌艺术和名家名作,有一个概略却系统的、全景式的了解,从中学到诸种诗体的基本知识、写作技法和历代名人佳作的诗艺精华,还会为之所吸引、所陶醉、所激励,逐渐对这些诗体的创作产生兴趣,进而由热心读者成长为当代诗、词、散曲的作者。

“深入挖掘中华优秀传统文化蕴含的思想观念、人文精神、道德规范”是当前我们这个伟大时代的要求。这本《各领风骚数百年》,可满足爱好传统诗歌的不同年龄段读者的阅读需求,能够帮助他们早日步入高雅诗歌创作的艺术殿堂。

序

方　伟

张其峰先生以八十余岁高龄，潜心编著了《各领风骚数百年》一书，并要我为此书写几句话。却之不恭，受之惶恐，我只好就该书谈点读后的理解和感受。

《各领风骚数百年》，是张先生结合几十年学习、研究传统诗歌之所得及长期创作实践，编撰出来的一部系统阐释我国七种传统诗歌形式及著名作家作品的知识性读物。

这本书，可说是我见到的最简洁、明晰，最有条理的一种关于中国传统诗歌艺术的普及性读本。该书集专业性与大众化于一体，把中国古代诗歌发展史上七个主要阶段诗歌的形式特点及优秀作品，简要地呈现在读者前面，有面、有线、有点。使人读后，不仅可对中国古典诗歌有一个系统的、全景式的了解，学到每个阶段、每种诗歌形式的基本知识及诗艺精华，还能被这些著名诗、词、散曲作家及优秀作品所吸引，从中受到教益，获得启迪，从而由读者成为作者。这正是张先生编著此书的初衷。

20世纪五六十年代，张先生在开封师院（今河南大学）中国语言文学系就读时，就酷爱中华传统诗歌，有着雄厚的知识积累。毕业后，无论是在中学、中师任教，还是在河南农业大学从事编辑工作，业余都一直坚持从事诗、词、散曲的创作实践,有大量近体诗、词、散曲和楹联作品入选《中国当代诗词艺术家大辞典》《新千家诗词赏析辞典》《当代山水诗词宝典》《中国当代百名文艺家作品选》《中华诗词十五年年鉴》《中日友好千家诗选》等,还有不少作品发表在《中华诗词》《河洛诗词》《永州诗词》等数十种书籍和报刊上。

限于篇幅,兹举三例,以窥其诗、词、曲创作成就之一斑。如七律《如琴湖花径公园纪游》:

山披锦绣水如琴,侧耳欣闻瑟鼓音。
朝雾迷蒙花漫径,松涛喧嚣鸟栖林。
多情游客舟轻荡,有意骚人句漫吟。
最是乐天真迹处,如椽妙笔诱登临。

这首诗属于近体诗,是一首情景交融的山水佳作。前四句纯写景,令读者如临其境;后面写景中加入人的活动,景中有情。读来仿佛与张先生在庐山如琴湖、花径游览一般。

再如词《南楼令·汉阳古琴台寄情》:

江夏溢芳芬,平塘古渡新。碎琴山,游客纷纷。一曲高山流水韵,感天地,泣鬼神。

佳话到如今,知音有几人!忆先贤,感慨殊深。情寄伯牙理弦处,月湖畔,汉江滨。

这首词的上阕写琴台及高山流水的故事以切题,下阕由此故事生发出胜迹依旧、知音难觅的感慨,意旨都在隐约之间，含吐不尽，耐人寻味，艺术水准相当之高。

又如散曲《山坡羊·伊阙写意》：

江天如绘，峰峦叠翠。
青松常伴诗魂醉。
柳依依，草萋萋，
伊河两岸声鼎沸。
游客徜徉在图画里，
佛，展笑眉；
人，展笑眉。

这首散曲，比喻恰当、贴切，描述形象、生动，并且抚今追昔，寓情于景，展现出人佛共欢悦的动人场景。曲辞具有明快、泼辣、通俗、俏丽的散曲语言风格。

张先生是颇具名望的诗人和词家、曲家，他所编著的这本书具有如下特点：

一是知识的浓缩性。中国有五千年的文明史，又是诗的国度。张先生凭借自己对中国文学史的把握，将漫长的诗歌发展历史，无穷多的诗人、词家、曲家，以及海量的诗、词、曲名篇，浓缩为七个阶段的七种诗体形式，并且给予高度概括的阐述。读者阅读全书，便能对中国传统诗歌及其发展史有一个框架性的、宏观性的了解。

二是解读的专业性。张先生大学时期专修中国语言文学，并长于近体诗、词、散曲写作，故在编写本书时，能将各个阶段的时代特点、人文环境、产生该种文学体裁的历史原因，以及每种诗歌形式的艺术特点,予以深入浅出的解说,使读者一目了然,很容易把握。

三是举例的经典性。本书对中华传统诗歌的各种形式,除介绍分析外,还相应地列举了许多名家名篇,并对这些篇章的体裁形式、思想内容、艺术手法等加以简析。这样的编写体例,使读者能在短时间内对庞杂宏大的诗歌知识有一个系统的了解。读者读完后,会觉得深奥的诗词之门正向自己徐徐打开,不仅登堂容易,而且入室不难。

总之,张其峰先生精心编著的《各领风骚数百年》,既可视作有志于传统诗、词、散曲习作者的专业教材,又是广大古典诗歌爱好者的普及读物。我想,广大读者读之也一定大有裨益。

最后,谨以二十多年前我献给先生的一首七绝作为本文的结束:

一竿新竹笑长空,饮露餐云气渐雄。
忆到笋尖初破土,教人争不谢春风!

2018 年 6 月

(作者为河南诗词学会副会长)

写在前面

人类之初，原本没有任何形式的文学艺术，当然也无所谓诗歌了。

进入原始社会后，人们为了生活、生存而进行生产劳动和狩猎活动，伴随着出现了“杭唷杭唷”的有声无义的“举重劝力”之歌（劳动呼号）。再后来，人的大脑和发音器官逐渐发达，学会了使用简单的语言，并产生了具有一定审美意义的原始诗歌，进而又发展为表情达意较为丰富、形式也渐讲究的远古诗歌。《吴越春秋》中所记载的《弹歌》（断竹，续竹。飞土，逐肉），见于《周易》之中的《归妹》（女承筐，无实。士刲羊，无血）以及《屯》（屯如，邅如，乘马，班如。匪寇，婚媾）等，大抵就是这一时期的作品，时在殷商之前。《弹歌》是渔猎时代人们生活的反映，极其简约的文字描绘出一幅从制造工具到捕捉禽兽的狩猎图画。《归妹》写的是一对夫妻剪羊毛的情景——妻子手端竹筐，盛着轻松的羊毛；丈夫用剪刀轻轻地剪着，毫不损伤羊身。《屯》是古代社会抢婚情景的写照——一个男子骑在马上迂回不进，他不是去从征，而是在找配偶。以上三首诗歌不仅反映了当时人们的生活，表明了诗歌起源于劳动并为生产劳动服务，还可看出其形式的不断发展变化：前者，可见二字断句的节奏规律；中间的一首，节奏上已较二字断句有所变化；后者，不仅用了语助词“如”，还有了用韵的踪影（句号前“邅”“班”为韵，句号后“寇”“媾”为韵）。

时至两三千年前的西周和春秋中叶，日渐丰富、复杂的社会生活，使得我国的诗歌从内容到形式都有了一个飞跃，出现了许多思想性较强、艺术形式也较完美的四言体诗歌，并且经人编订结集，以《诗经》命名流传了下来。四言诗之后，又相继出现了楚辞、乐府、古体诗，以至唐近体诗、宋词、元散曲等音韵、声调、节奏、句式更加讲究的诗歌形式，从而为华夏神州赢得了“诗的国度”的雅号。这些内容丰富、形式完美的传统诗歌艺术之花，在我国历史上都曾以其独具的艺术特色，各领风骚数百年以至上千载，不但脍炙人口，历久不衰，而且享誉世界，光彩永驻，成为中华民族引以为自豪的优秀文化遗产，更是发展当代诗歌不可不学习借鉴的珍贵艺术财富。

为了弘扬民族诗歌传统，丰富青少年朋友以及广大诗歌爱好者的文艺生活，笔者试将上述各种主要传统诗歌形式及其代表作家、作品，在此概略地作一介绍。但愿此举能对我国当代诗歌文化的繁荣发展有所裨益。

目　录

散曲 / 166

四言诗

概述

我国传统诗歌的表现形式,既有别于其他一切文学体裁,又随着时代的变迁而不断发展变化。在中华民族五千年的文明史上,传统诗歌先后经历了体无定式的原始歌谣阶段和逐渐定型的四言诗、骚体诗、乐府诗、五七言古诗,以至格律严谨而且形式完美的近体诗、词、散曲等主要阶段。上述种种诗体,除前边已经列举过的原始歌谣之外,现今所见的出现最早且有文字记载的诗歌体式,就是产生于西周至春秋中叶的周代四言体诗,也称“诗经体”诗,至今已有三千年的历史。

我国文学史上第一部诗歌总集——《诗经》以四言诗为主,共计305首,分作以下三个部分:

1.风,又称“十五国风”。国风共160篇,是产生于当今陕西、山西、河南、山东及湖北一带原属周王朝的十三个诸侯国邶、鄘卫、王、郑、齐、卫、唐秦、陈、桧、曹、豳以及周公旦(驻东都洛邑——今洛阳)、召公奭(驻西都镐京——今西安西南)以及“周南”“召南”的民间歌谣。这些由人民群众创作的民间歌谣，朴素而又生动地反映了当时社会的政治面貌及人民的生活、劳动。其中一些展现劳苦大众生活境遇和思想感情的作品，还尖锐地揭示了奴隶社会的阶级矛盾，具有强烈的人民性和现实主义精神，被视为我国古典文学优良传统的源头。例如《周南·关雎》《秦风·蒹葭》《魏风·伐檀》等。

2.雅。雅，共收“秦声”（推论为西周一带的乐歌）105篇，分大雅、小雅两类，均系奴隶主贵族及其乐师们所作，较多糟粕。大雅多是为上流社会祭祀和朝会宴飨活动所用的乐舞歌词，其中的一些作品歌颂了周部族的产生、发展历史。如《大明》《绵》《生民》《召旻》；小雅则多系抒写奴隶主生活及个人思想情怀的作品，对反动统治有所揭露，有的作品还有较高的艺术性，具有一定文学价值。如《无羊》《采薇》等。

3.颂。颂有“周颂”“鲁颂”“商颂”三个部分，计40首，是周天子及鲁国、宋国宗庙祭祀活动中所用的乐舞曲辞。颂诗音调缓慢，多不用韵，内容也多是赞美祖先、颂扬神明，只有少数祭社稷神（土谷之神）的作品，如《载芟》《良耜》等，反映了一些农业生产的情况，描述了诸如春夏祈谷、秋冬庆丰的场面，具有一定的认识和史料价值。整体上讲，颂是《诗经》中内容比较贫乏，艺术上也不及风、雅的部分，文学价值最低。

代表作品

关　　雎[1]

关关雎鸠[2],在河之洲。
窈窕淑女,君子好逑[3]。

参差荇菜[4],左右流之[5]。
窈窕淑女,寤寐求之[6]。
求之不得,寤寐思服[7]。
悠哉悠哉[8],辗转反侧。

参差荇菜,左右采之。
窈窕淑女,琴瑟友之[9]。
参差荇菜,左右芼之[10]。
窈窕淑女,钟鼓乐之。

注释:

①出自《诗经·国风·周南》。这是一首青年男子热恋采集荇菜女子的情诗,写的是男青年的真挚情怀与相思之苦。

②关关:鸟的和鸣声。雎鸠:一种水鸟,相传此鸟雌雄情意

专一。

③好逑：理想的配偶。逑，“仇”的假借字，配偶。

④参差：长短不齐。荇菜：一种水生植物，叶子浮在水面，可食。

⑤流：顺着水流采摘。

⑥寤寐：醒着为寤，睡着为寐。

⑦思服：思念。

⑧悠哉：思念不绝。

⑨琴瑟：古代弦乐器。琴有五弦或七弦，瑟有二十五弦。友：亲近。

⑩芼：采摘。

静　　女①

静女其姝②，俟我于城隅③。
爱而不见④，搔首踟蹰⑤。
静女其娈⑥，贻我彤管⑦。
彤管有炜⑧，说怿女美⑨。
自牧归荑⑩，洵美且异⑪。
匪女之为美，美人之贻⑫。

注释：

①出自《诗经·国风·邶风》。这是一首写青年男女幽会的诗。

②静女:文静的姑娘。静,幽雅,文静。姝:美丽。

③俟:等待。城隅:城角幽僻之处。

④爱:通"薆",隐藏的意思。不见:没有被发现。

⑤踟蹰:徘徊不定。

⑥娈:美好的样子。

⑦贻:赠送。彤管:红管草。

⑧炜:鲜明的样子。

⑨说怿:喜悦。说:同"悦"。女:同"汝"。

⑩牧:郊外。归:同"馈",赠送。荑:初生的茅草。

⑪洵:实在。异:奇异。

⑫匪:同"非"。这句说:不是荑草真奇异,只因是美人赠送的。

伐檀[1]

坎坎伐檀兮[2],置之河之干兮[3]。
河水清且涟猗[4]。
不稼不穑[5],胡取禾三百廛兮?
不狩不猎[7],胡瞻尔庭有县貆兮[8]?
彼君子兮[9],不素餐兮[10]!

坎坎伐辐兮[11],置之河之侧兮。
河水清且直猗。
不稼不穑,胡取禾三百亿兮[12]?

不狩不猎，胡瞻尔庭有县特兮[13]？
彼君子兮，不素食兮！

坎坎伐轮兮，置之河之漘兮[14]。
河水清且沦猗[15]。
不稼不穑，胡取禾三百囷兮[16]？
不狩不猎，胡瞻尔庭有县鹑兮[17]？
彼君子兮，不素飧兮[18]！

注释：

①出自《诗经·国风·魏风》。这是伐木者讽刺剥削者不劳而获的诗。

②坎坎：伐木声。

③干：岸。

④涟：水的波纹。猗：同"兮"，啊。

⑤稼：耕种。穑：收获。稼穑：这里是从事农业劳动的统称。

⑥胡：怎么。禾：粮食。三百廛：三百，表示多，不是确数。下文"三百亿""三百囷"与此相同。廛，束，古代的度量单位。

⑦狩：冬天打猎。猎：夜间打猎。这里泛指打猎。

⑧瞻：看到。尔：这里指剥削者，即上文的"不稼不穑""不狩不猎"的人。县：同"悬"，悬挂。貆：幼貉。

⑨君子：贤明的执政者。

⑩素餐：与下文的"素食""素飧"都是白吃饭的意思。素，空，白白地。

⑪辐：辐条，车轮中的直木。伐辐：伐檀木做车辐。下文的

"伐轮"义同。

⑫亿:束。

⑬特:三岁的兽。

⑭漘:水边。

⑮沦:小的波纹。

⑯囷:圆形谷仓。

⑰鹑:鹌鹑。"貆""特""鹑"代指大小禽兽,说明剥削者的贪婪,无论禽兽,不论大小,都要占为己有。

⑱飧:熟食。这里指吃饭。

采　薇[1]

采薇采薇[2],薇亦作止[3]。
曰归曰归,岁亦莫止[4]。
靡室靡家[5],猃狁之故[6]。
不遑启居[7],猃狁之故[8]。
采薇采薇,薇亦柔止。
曰归曰归,心亦忧止。
忧心烈烈[9],载饥载渴[10]。
我戍未定,靡使归聘[11]。
采薇采薇,薇亦刚止[12]。
曰归曰归,岁亦阳止[13]。
王事靡盬[14],不遑启处[15]。
忧心孔疚[16],我行不来[17]!

彼尔维何[18]？维常之华[19]。
彼路斯何[20]？君子之车[21]。
戎车既驾，四牡业业[22]。
岂敢定居[23]？一月三捷。
驾彼四牡，四牡骙骙[24]。
君子所依[25]，小人所腓。
四牡翼翼[26]，象弭鱼服[27]。
岂不日戒[28]？猃狁孔棘[29]！
昔我往矣[30]，杨柳依依。
今我来思[31]，雨雪霏霏。
行道迟迟，载渴载饥。
我心伤悲，莫知我哀！

注释：

①出自《诗经·雅·小雅》。这是一位戍边兵士在服役归来途中写下的诗篇，诗中表达了久戍不归的思家之苦，追忆了在战场上同仇敌忾、英勇杀敌的战斗场面，最后描写归途中所见到的情景和内心的伤感之情。

②薇：野生的豆科植物，嫩苗可食。

③作：生，指薇冒出地面。止：语尾助词。

④“曰归”二句：说归去呀说归去，一年又快过完了。莫：同“暮”。岁莫：年终。

⑤“靡室”句：征人远戍于外，没有妻室没有家。靡：无，没有。

⑥猃狁：古民族名，春秋时为戎狄，秦、汉时为匈奴，隋唐时

为突厥。

⑦“不遑”句：没有工夫讲安居。不遑：无暇，没有时间。启：跪。居：坐。古人不论跪或坐都两膝着地。跪时腰部伸直，臀部离开足跟；坐时就把臀部贴在足跟上。“启”指前者，“居”指后者。

⑧柔：柔嫩。柔嫩可食。

⑨烈烈：形容忧心如焚的境况。

⑩“载饥”句：又饿又渴。载：语助词。

⑪“我戍”二句：我驻防的地点不定，常调动，无法使人捎信回去。聘：问候。

⑫刚：坚硬。

⑬阳：农历十月的别称。

⑭盬：止息，闲暇。

⑮启处：与“启居”同义。

⑯孔：很，非常。疚：痛苦。

⑰“我行”句：我想走了不等待。

⑱“彼尔”句：那盛开的是什么花？尔：花盛开的样子。维何：是什么。

⑲“维常”句：那是常棣的花。常：常棣，植物名，花两三朵成一缀，开时向下垂，果实像李子。华：同“花”。

⑳“彼路”句：那个大车是谁坐？路：同“辂”，形容车身高大。斯何：与“维何”同义。

㉑君子：君中主帅。车：兵车，即下文的“戎车”。

㉒四牡：驾车的四匹雄马。业业：形容马身体高大。

㉓“岂敢”二句：怎敢说安定居处？一个月里多次交战。

三：泛指次数频繁。捷：与“接”通，指彼此接战。

㉔骙骙：形容马强壮。

㉕“君子”二句：戎车主帅所乘，也是兵卒借以隐蔽的东西。依：乘。腓：掩护。古代车战，主帅在车上指挥，步兵随在车后，以车身为掩护。

㉖翼翼：整齐貌。

㉗象：象牙。弭：弓两端受弦的地方。象弭：两端用象牙装饰的弓。服：同“箙”，盛箭的器具。鱼服：用鲨鱼制作的箭袋。“弭”和“箙”都是主帅所有。

㉘日戒：每日戒备。

㉙孔棘：非常紧急。棘，同“亟”，紧急。

㉚“昔戒”二句：出征时是春天。依依：形容柳枝茂盛而迎风摆动的样子。

㉛“今我”二句：归来时是冬天。思：语助词。雨：动词。雨雪：落雪。霏霏：雪花纷飞飘落的样子。

良　　耜[①]

畟畟良耜[②]，俶载南亩[③]。

播厥百谷，实函斯活[④]。

或来瞻女[⑤]，载筐及莒[⑥]，其饷伊黍[⑦]。

其笠伊纠[⑧]，其镈斯赵[⑨]，以薅荼蓼[⑩]。

荼蓼朽止，黍稷茂止。

获之挃挃[⑪]，积之栗栗[⑫]。

其崇如墉[13]，其比如栉[14]。
以开百室[15]，百室盈止[16]，妇子宁止[17]。
杀时犉牡[18]，有捄其角。
以似以续[19]，续古之人[20]。

注释：

①出自《诗经·颂·周颂》。这是一首记述大周先民生产祭祀情形的农事诗，是秋后周王祭祀土神和谷神的乐歌。前十二句写农事劳动，中七句写丰收，末四句写祭祀。耜：古代的一种农具，犁头。

②畟畟：形容耜端锋利，容易深耕入土。

③“俶载”句：开始耕种南面的田地。俶：开始。载：耕作。

④“实函”句：种子充满生机相连。实：种子。函：蕴藏。活：生机。

⑤瞻：探视。女：同“汝”，指农夫。

⑥载：装满。筐和筥都是竹篮，筐方而筥圆。

⑦“其饷”句：送饭给农夫吃。伊：语助词。黍：黄米饭，这里泛指食物。

⑧纠：结实。

⑨镈：锄草用的农具。赵：锋利。

⑩薅：拔除。荼：地上秽草。蓼：水中秽草。

⑪挃挃：镰刀割禾声。

⑫栗栗：形容粮食堆积很多。

⑬崇：高。墉：城墙。

⑭比：读去声，排列。栉：梳篦的总称。

⑮“以开”句:打开上百间仓房的门。

⑯盈:装满。

⑰宁:安闲无事。

⑱时:同“是”。犉牡:七尺高的大公牛。杀牛是为了祭社稷之神。

⑲似:同“嗣”,继承。

⑳“续古”句:从祖先就一直举行这种祭典,现在正是继续古人的做法。

楚辞

概述

春秋晚期至战国中叶,随着物质文明和社会矛盾的不断发展,我国的诗歌文化发生了一次飞跃,出现了一种有别于周代四言体诗的新的诗歌形式——楚辞体诗。

当时,由于人们文化生活需求的不断提高,加之原有诗歌形式雅、颂的日渐衰亡,全国各地出现了许多各具特色的声乐歌。其中,以楚国的“楚声”最为发达,也最有影响,楚辞体诗就是由此发展而来的。这类诗歌,萌生于两湖民间,定型于文人才子之手;起初流行于楚地(今鄂、湘及川、豫、皖等省的部分地区),而后风靡全国,并延续至两汉。其优秀作品,由汉代的刘向以《楚辞》定名编辑成书,流传至今。由于这类作品以屈原的《离骚》最具代表性,且思想意义、艺术价值最高,故又称“骚体诗”。

《楚辞》一书,收入了战国时期楚国人屈原、宋玉及汉代淮南小山、东方朔、王褒、刘向等人的作品共 16 件,计 56 篇(章)。这些作品一改《诗经》的四言体而采用句子较长、音节较多,且参差不齐、长短不拘的新体式——楚辞体,实现了我国文化史上诗歌体式的一次大的变革。书中所收，主要是骚体诗歌的创始者屈原的作品，据史料载计有 7 件 25 篇，即《离骚》、《九歌》（含《东皇太一》《云中君》《湘君》《湘夫人》《国殇》等 11 篇）、《天问》、《九章》（含《惜诵》《涉江》《哀郢》《思美人》《橘颂》等 9 篇）以及《远游》、《卜居》、《渔父》等（后三篇近代及现代研究者多疑非屈原所作）。

《离骚》是屈原的代表作，也是骚体诗歌中最有文学价值的典范作品，全诗 374 句，2400 多言，是一首具有鲜明地方色彩、神话色彩和浪漫主义色彩的自传性长篇抒情杰作，抒发了屈原热爱祖国、热爱人民、痛恨邪恶的思想感情。从中可以看出他正直无私的高尚品质，以及坚持节操、追求真理、伸张正义、敢于同封建势力做斗争的伟大精神。屈原的其他作品也都从不同侧面反映了现实的矛盾，唱出了人民的心声，表现了这一主题。

屈原的骚体诗，除代表作《离骚》外，较有影响的属《国殇》《涉江》《哀郢》《橘颂》等。

《国殇》是《九歌》中的一首，句法与《离骚》有所不同。这首诗是为追悼为国捐躯的将士而作的。当时，楚国朝政腐败，与强秦争战屡屡惨败。作品通过具体战斗场面的生动描写，刻画了殉国将士的英雄形象，表达了作者对死难烈士的敬佩、痛悼之情以及作者的爱国主义思想。《九歌》中的其他篇章，如《湘君》《湘夫人》《山鬼》等，借助所写的湘水之神和高山神女等艺术形象，表达了诗人追求真理、正义和向往贤圣明君的思想感情。

《涉江》是一篇辞情并茂的佳作。作品采用现实主义和浪漫主义相结合的创作方法，通过被流放情景的叙述揭露了楚国的黑暗朝政，还驰骋想象写出了对理想的憧憬。《哀郢》通过对国都沦陷的哀悼，抒发了诗人思君忧国的强烈感情和满腔郁愤。《橘颂》则以橘树品性专一、不可移易及橘实色彩鲜明、质地洁好，比喻自己品格高尚，坚贞自守，不随波逐流。

其他作者的骚体诗，主要有宋玉的《九辨》、贾谊的《惜誓》、东方朔的《七谏》、刘向的《九叹》，以及淮南小山的《招隐士》等。这些人的作品，其思想内容大都不及屈原的作品深刻博大，艺术上也少有独创。

批判现实主义的内容和浪漫主义精神，可以说是骚体诗的两大特色。此外，其诗体形式还有以下几个特点：1.语气词“兮”在诗句中广泛运用。“兮”或在句尾，或在句中，无论是对诗歌节奏的变换，还是对语气的舒缓、感情的表达，都有明显的作用。2.句子形式突破了周代四言诗的程式。骚体诗的句子长短不齐，错落有致，遣词造句比较灵活。若将“兮”字除外，最常见的是五言、六言，尤以六言句居多。3.具有鲜明的地域特色。《楚辞》中的作品，大都“出楚语，作楚声，纪楚地，名楚物”，带有浓厚的楚国地方特色。

骚体诗，特别是我国历史上第一位伟大诗人屈原的作品，对中国诗歌的发展有着广泛而深远的影响。其强烈的爱国主义思想和为真理毫不妥协的抗争精神，影响了从司马迁、李白、杜甫、白居易到苏轼、陆游、辛弃疾，直至郑板桥、黄遵先、秋瑾、鲁迅等历代进步诗人和作家。其现实主义同浪漫主义相结合的创作手法，更开创了我国文学艺术浪漫主义的先河。

代表作品

离骚(节选)

屈 原[①]

帝高阳之苗裔兮,朕皇考曰伯庸[②]。
摄提贞于孟陬兮[③],惟庚寅吾以降。
皇览揆余初度兮,肇锡余以嘉名[④]:
名余曰正则兮,字余曰灵均[⑤]。
纷吾既有此内美兮,又重之以修能[⑥];
扈江离与辟芷兮,纫秋兰以为佩[⑦]。
汩余若将不及兮,恐年岁之不吾与[⑧]。
朝搴阰之木兰兮,夕揽洲之宿莽[⑨]。
日月忽其不淹兮,春与秋其代序[⑩]。
惟草木之零落兮,恐美人之迟暮[⑪]。
不抚壮而弃秽兮,何不改乎此度[⑫]?
乘骐骥以驰骋兮,来吾道夫先路[⑬]!

注释:

①屈原(约前 340—前 278),名平,楚国人。早年因学问渊博和长于辞令而得到楚怀王的信任,官左徒,曾经为怀王草拟楚国的密令,后因受到当时贵族政治集团的谗毁,被怀王疏远,并在贵族政治集团的迫害下被流放到鄂渚。怀王入秦被拘后

顷襄王即位，又把他由鄂渚放逐到溆浦，后自沉汨罗江而亡。屈原是我国古代伟大的浪漫主义诗人，作品中充满了政治热情和爱国主义精神。

《离骚》是屈原最主要的作品，也是中国古代最早的一首长篇抒情诗。诗人尖锐地抨击了当时贵族政治的投机取巧、苟且偷安，同时又热烈地渴望着光明，表达了自己对祖国和人民的无限忠贞。这篇长诗大约成于楚怀王十六年（公元前313年），是屈原因被上官大夫谗毁而离去郢都时所作。全诗分为三段，这里节选的是其开篇段的两节。第一节（前4行）叙述自己的家世、出生和名字，第二节（5—12行）表述自己的品格、才能及伟大抱负。离骚：等于“牢骚”。

②“帝高阳”二句：屈原表述自己是古帝王高阳氏的后裔，父亲的名字叫伯庸。高阳：古代帝王颛顼的别号。苗裔：后代。朕：我。考：对亡父的敬称。

③“摄提”句：自己是在夏历正月的庚寅日降生于孟地的山脚。摄提：星名。贞：正。陬：陬月，古代十二个月都有别名，正月的别名叫陬。依照夏历，正月是寅月。孟：开端。正月是一年的开端，因此叫孟陬。

④“皇览”二句：屈原说父亲根据出生时间，给他选一个美好的名字。皇：上文“皇考”的简称，指他已死的父亲。览：观察。揆：衡量。初度：初降生时的器度。嘉：美。

⑤“名余”二句：屈原名平字原，“平”是公平的意思。正：公正。则：法则。公正而有法则，隐括“平”字的涵义。原：屈原的字。灵：善。均：平地。灵均：很好的平地，隐括“原”字的涵义。

⑥纷：多。内美：内在的本质的美。重：加上。修：美好。

能:通“态(態)”,容貌。修能:指下文佩戴香花香草等,实质是说自己的德行。

⑦扈:披在身上。离:香草名,生在江边,所以叫江离。辟:同“僻”,偏僻的地方。芷:白芷,香草名。生在幽僻处的芷,所以叫辟芷。纫:本指绳索,这里作动词用,连缀的意思。兰:香草名。秋兰:兰草的一种。佩:指戴在身上的饰物。

⑧汩:形容水流迅疾,这里比喻时光如逝水。与:待。不吾与:不与吾的倒文,不等待我。

⑨搴:拔取。阰:平顶小山,楚地方言。木兰:香木名,又叫辛夷。揽:采。宿莽:一种经冬不死的香草。

⑩日月:指时光。忽:速。淹:留。代:更。序:次。春往秋来,以次相代。

⑪惟:思。美人:屈原有时用来比喻国君,有时用来比喻美好的人,有时用以自比。这里指楚怀王。迟暮:指年老。

⑫“不抚壮”二句:楚王不肯趁年富力强的时候抛弃秽政而有所作为,为什么不改变这种作风呢?抚:趁。壮:壮年。此度:指“不抚壮而弃秽”的态度。

⑬“乘骐骥”二句:楚王如肯委任贤臣,那么自己愿为前驱,导引楚王实现自己的政治理想。骐骥:骏马,喻贤臣。道:同“导”。先路:为王前驱。

河　伯[①]

屈　原

与女游兮九河[②],冲风起兮横波。

乘水车兮荷盖[3]，驾两龙兮骖螭[4]。
登昆仑兮四望[5]，心飞扬兮浩荡。
日将暮兮怅忘归，惟极浦兮寤怀[6]。
鱼鳞屋兮龙堂[7]，紫贝兮朱宫[8]，灵何为兮水中[9]？
乘白鼋兮逐文鱼，与女游兮河之渚，流澌纷兮将来下[10]。
子交手兮东行[11]，送美人兮南浦[12]。
波滔滔兮来迎，鱼邻邻兮媵予[13]。

注释：

①屈原《九歌》中的一篇，是祭黄河之神的诗。河伯：黄河的神。王逸《章句》引《抱朴子·释鬼》说："冯夷以八月上庚日渡河溺死，天帝署为河伯。"那么河伯应该就是冯夷。按：黄河不流经楚国，楚地人民"信鬼而好祠"，可能是远望而祭祀之。由男巫扮河伯，由女巫迎神。

②女：同"汝"，这里指河伯。九河：黄河的总名，传说大禹治河，为了防止河水外溢，把它分成徒骇、太史、马颊、覆釜、胡苏、简、洁、钩盘、鬲津九道。

③水车：能在水上行走的车。荷盖：以荷叶为车盖。

④骖：古代用四匹马驾车，两旁的马叫骖。螭：无角的龙。

⑤昆仑：山名，这里指河水的源头。

⑥惟：思念。极浦：遥远的黄河水边。寐：觉。怀：念。寤怀：日夜怀念。

⑦鱼鳞屋：以鱼鳞为屋。龙堂：以龙鳞为堂，"鳞"字因上文而省略。

⑧阙：宫门上的望楼。朱宫：以珍珠为宫室。朱，一本作

"珠"。

⑨灵:指河伯。

⑩流澌:融解的冰块。将:伴随着。下:流下。

⑪子:指河伯,即下文的"美人"。交手:拱手,古人分离时拱手告别。

⑫浦:水口。

⑬邻:同"嶙",一个挨着一个。媵:本来指陪嫁的女子,这里用作动词,陪侍、伴随的意思。予:巫自称。

国　殇①

屈　原

操吴戈兮被犀甲②,车错毂兮短兵接③。
旌蔽日兮敌若云④,矢交坠兮士争先⑤。
凌余阵兮躐余行⑥,左骖殪兮右刃伤⑦。
霾两轮兮絷四马⑧,援玉枹兮击鸣鼓⑨。
天时坠兮威灵怒⑩,严杀尽兮弃原野⑪。
出不入兮往不反⑫,平原忽兮路超远⑬。
带长剑兮挟秦弓⑭,首身离兮心不惩⑮。
诚既勇兮又以武⑯,终刚强兮不可凌⑰。
身既死兮神以灵⑱,子魂魄兮为鬼雄⑲!

注释:

①屈原《九歌》中的一篇,是一首楚人祭祀为国牺牲的战士的乐歌。国殇:指为国捐躯的战士。在战场上阵亡的青年,他们

为国牺牲,国家是他们的祭主,所以称作国殇。

②吴戈:吴地制造的戈,吴地冶铁术比较发达,所出产的戈特别锋利。戈,平头戟。被:同“披”。犀甲:犀牛皮制的甲。

③车错毂:指双方战车交错在一起。错,交错。毂,车的轮轴。短兵:指刀剑一类的兵器。

④旌:旗。敌若云:极言敌军人多。

⑤矢交坠:流矢在双方阵地上纷纷坠落。

⑥凌:侵犯。阵:阵地。躐:蹂躏、践踏。行:行列。

⑦殪:毙。右刃伤:右边的骖马也被刀砍伤。

⑧霾:同“埋”,指车轮陷入泥中。絷四马:驾车的马被绊住。

⑨“援玉枹”句:击鼓振作士气。援:拿起。枹:鼓槌。

⑩天时:天象。威灵:有威力的神灵。

⑪严:壮烈地。杀尽:战死于战场。

⑫反:同“返”。

⑬忽:当读作“惚”。超远:遥远。

⑭带:佩在身上。挟:夹在腋下。

⑮“首虽”句:身可杀而心不可屈。惩:创。

⑯诚:果然是。勇:指精神勇敢。武:指武力强大。

⑰终:到底。不可凌:指志不可夺。

⑱神以灵:指死而有知,英灵不泯。以,乃。

⑲为鬼雄:在鬼中也是出类拔萃的英雄。

涉　江[①]

屈　原

余幼好此奇服兮[②],年既老而不衰。

带长铗之陆离兮，冠切云之崔嵬[3]。
被明月兮佩宝璐[4]。
世溷浊而莫余知兮，吾方高驰而不顾[5]。
驾青虬兮骖白螭[6]，吾与重华游兮瑶之圃[7]。
登昆仑兮食玉英[8]，
与天地兮比寿，与日月兮齐光。
哀南夷之莫吾知兮，旦余济乎江湘[9]。
乘鄂渚而反顾兮，欸秋冬之绪风[10]，
步余马兮山皋，邸余车兮方林[11]。
乘舲船余上沅兮，齐吴榜以击汰[12]。
船容与而不进兮，淹回水而疑滞[13]。
朝发枉陼兮，夕宿辰阳[14]。
苟余心其端直兮[15]，虽僻远之何伤？
入溆浦余儃佪兮，迷不知吾所如[16]。
深林杳以冥冥兮，乃猿狖之所居。
山峻高以蔽日兮，下幽晦以多雨。
霰雪纷其无垠兮，云霏霏而承宇[17]。
哀吾生之无乐兮，幽独处乎山中。
吾不能变心而从俗兮，固将愁苦而终穷。
接舆髡首兮，桑扈臝行[18]。
忠不必用兮，贤不必以[19]，
伍子逢殃兮[20]，比干菹醢。
与前世而皆然兮[21]，吾又何怨乎今之人！
余将董道而不豫兮，固将重昏而终身[22]！
乱曰：

鸾鸟凤凰[23],日以远兮。

燕雀乌鹊,巢堂坛兮[24]。

露申辛夷,死林薄兮[25]。

腥臊并御,芳不得薄兮[26]。

阴阳易位,时不当兮[27]。

怀信侘傺,忽乎吾将行兮[28]。

注释:

①屈原《九章》中的一篇,大约作于楚顷襄王三年(公元前296年),是屈原从鄂渚到溆浦临行之前写的。内容写渡江而南,浮沅水西上,独处深山的过程,所以叫《涉江》。

②奇服:指下文"长铗""切云冠"等。借以比喻志行高洁,与众不同。

③铗:剑柄,这里指剑。切云:上触云霄的意思,指一种很高的冠。崔嵬:高耸的样子。

④被:同"披"。明月:珠名,珠光晶莹,有如月光,故名。宝璐:美玉名。

⑤溷浊:污秽。溷,同"浑"。高驰:远远地走开。

⑥虬:有角的龙。螭:无角的龙。

⑦重华:指舜。瑶之圃:下句的"昆仑"。相传昆仑山产玉,是上帝的花园。瑶,美玉名。圃,园。

⑧英:花。

⑨南夷:南方人,指楚国的统治集团。夷,是当时中原地区统治阶级对中原以外的各族的泛称,含有轻视的意思。旦:清晨。济:渡过。

⑩“乘鄂渚”二句：登高回头，临风而兴欢。乘：登。欸：叹息。绪风：大风。

⑪邸：舍弃，这里是停车的意思。方林：地名。

⑫舲：有窗的小船。上，逆流而上。溆浦是在沅水的上游。吴榜：吴地式样的桨棹。汰：水波。

⑬淹：停留。回水：曲折的流水。凝滞：指船停滞不前。疑，同“凝”。

⑭枉陼：地名，在湖南常德。陼，同“渚”。辰阳：地名，今湖南辰溪县西。

⑮端直：正直。

⑯儃佪：徘徊不前。如：往。

⑰承宇：连接着屋檐。宇，屋檐。

⑱接舆：人名，春秋时楚国的隐士。髡首：剃掉头发，是古代对于罪人的一种刑法。髡，剃发。桑扈：人名，古代隐士。臝行：赤身露体而行。臝，同“裸”。

⑲忠、贤：指下句的伍子胥和比干。以：和“用”同义，指被任用。

⑳伍子：伍子胥。

㉑与：读作“举”，全的意思。前世：指自古以来。

㉒董道：正道。董，正。不豫：不犹豫。重昏：接二连三地遭受忧患。

㉓鸾鸟、凤凰：鸟中之王，这里比喻贤者。

㉔燕、雀、乌、鹊：都是平凡的鸟，这里比喻小人。巢堂：比喻朝廷。巢，栖息，盘踞。堂，殿堂。

㉕露申：瑞香花。辛夷：香木名，北方叫木笔，南方叫望春。

林薄:草木交错的丛林。

㉖腥臊:这里比喻小人。御:进用,指被国君任用。芳:芳香之物,比喻君子。薄:靠近,指接近国君。

㉗“阴阳”二句:楚国的现状十分混乱,自己生不逢时。阴:指夜。阳:指昼。昼夜颠倒,意即一切混乱。

㉘“怀信”二句:自己怀忠信之志而不为众所容,因此飘忽将远去他方。怀信:抱着忠诚的信念。侘傺:失意的样子。忽:飘忽。

乐府诗

概述

继四言体、楚辞体诗歌之后，出现了乐府体诗。这种诗体，产生并盛行于广大文人热衷辞赋和骈文写作、诗坛甚为寂寥的两汉至魏、晋、南北朝时期，影响及于隋、唐、五代。它的出现，不仅冲破了当时诗坛的沉闷局面，也给传统诗歌艺术带来了勃勃生机。

"乐府"一词，本是自汉武帝始封建王朝为制作宗庙乐歌、收集民间歌谣而设立的一个掌管音乐的官署名称。后来，此类由乐府机关收集、编制的音乐作品的歌辞，亦统称为"乐府"或"乐府诗"；又因这类诗歌的命题多用"歌""行"二字，所以也称"歌行体"诗。从汉魏到唐五代产生的这类乐府歌辞，大都收在宋人郭茂倩选编的《乐府诗集》中。

乐府诗的主要部分是两汉和南北朝时期由乐府机关搜集整理的民间歌谣，此外还包括官府乐师和文人学习、借鉴民歌形式仿制的文人诗，以及后人仿效乐府古题所写的作品。后者从主题思想到艺术形式，都不如乐府民歌那样富有认识意义和文学价值。

汉代的乐府民歌，保存在《乐府诗集》中的仅40多首，大都是东汉的作品，多被收在“相和歌辞”（如《长歌行》《陌上桑》等）、“杂曲歌辞”（如《悲歌》《孔雀东南飞》等）、“鼓吹曲辞”（如《上邪》《战城南》等）三部分中。这些作品，篇幅长短不一，语言清新、凝练、明快、活泼，韵律自然和谐，形式灵活多样。其句法，既有整齐的四言、五言，又有一至八字参差不齐的杂言。

乐府民歌或抒情，或说理，或叙事，多系“感于哀乐，缘事而发”，内容丰富多彩，贴近生活。作品广泛而又深刻地反映了当时的社会矛盾，以及人民大众的生活和思想情绪，如《长歌行》：

青青园中葵，朝露待日晞。
阳春布德泽，万物生光辉。
常恐秋节至，焜黄华叶衰。
百川到东海，何时复西归？
少壮不努力，老大徒伤悲！

这是一首整齐的五言劝谕诗，由园中的葵菜在阳光照耀下欣欣向荣和万物得阳春恩泽生机勃勃，想到秋至花叶枯黄，并以百川入海不可能再返回作比，引发出“少壮不努力，老大徒伤悲”的人生感慨，劝勉人们应当及时努力，切莫蹉跎岁月。

再如《悲歌》：

悲歌可以当泣，远望可以当归。

思念故乡，郁郁累累。
欲归家无人，欲渡河无船。
心思不能言，肠中车轮转。

这首乐府诗杂用四、五、六言句式，话语由衷，陈述自然，犹如行云流水，质朴无华却又含义深刻。作品通过征人流落异地的具体感受和对农村破败景象的生动描述，揭露了战争和徭役给人民带来的痛苦。末尾以“肠中车轮转”来比拟“不能言”的心事，形象、生动，颇为感人。

下面我们再看这首表现女子对爱情坚贞不贰的汉乐府民歌《上邪》：

上邪！我欲与君相知，
长命无绝衰。
山无陵，江水为竭；
冬雷震震，夏雨雪。
天地合，乃敢与君绝！

这首民歌以一个痴情女子的口吻唱道：“天啊，我愿和你心心相印，诚挚的爱情永不终止，永远不衰减。除非高山变为平地，江水枯竭，冬日响雷，夏天飞雪，天地合为一体，才会与你分开！”作品文笔洗练，语言生动，句法灵活。加之比喻奇特，想象丰富，大胆泼辣得令人叫绝，因而被视为乐府诗中不可多得的精品。

从整体上看，汉乐府诗里绝大多数是反战争、反压迫、反封建礼教等方面的作品。其中，最具代表性的杰作是《孔雀东南飞》。这首长篇叙事诗，结构宏伟，语言生动，情节曲折，人物形象众多而又鲜明，主题思想深刻，对后世有较大影响。

魏及西晋流传下来的乐府诗，大都是古人借乐府古题记古事、咏古意的拟作，少有佳篇。时至东晋、南北朝，乐府诗再度繁荣发展，作品甚多，且因时尚及南北方风土人情的差异而形成了如下特点：1.多是抒写男女情爱的恋歌，反映生活面较窄（尤其是南朝），思想性不强；2.形式渐趋工整，篇幅渐趋短小——作品虽兼有四言四句（如《青溪小姑歌》等），七言四句（如《巴东三峡歌》等），以至杂用三、四、五、七言的超出四句的短篇（如《敕勒歌》《李波小妹歌》等），却以五言四句的居多；3.南北朝作品风格迥异——南歌清丽、缠绵，北歌质朴、豪爽。如《子夜歌》：

> 欢愁侬亦惨，郎笑我便喜。
> 不见连理树，异根同条起。

这首五言四句的南朝乐府民歌，写女子同所爱之人休戚相关，苦乐与共，并以连理树作比，极言关系之密，情意之笃。

南歌《西洲曲》写一个女子思念情人，苦苦追求而不得时唱道“海水梦悠悠，君愁我亦愁”，进而生出“南风知我意，吹梦到西洲”的奇想。

北歌数量虽不及南歌多，但具有较高的文学价值。如《敕勒歌》：

敕勒川，阴山下，
天似穹庐，笼盖四野。
天苍苍，野茫茫，
风吹草低见牛羊。

这首民歌以简洁明快而又生动形象的语言，描绘了北国辽阔草原的如画风光和游牧民族充满诗意的生活。

再如《李波小妹歌》：

李波小妹字雍容，褰裙逐马如卷蓬。
左射右射必叠双，妇女尚如此，男子安可逢。

这首民歌从赞美李波小妹能骑善射的高强武艺入手，讴歌了崇尚武功的北国人民英雄豪放的伟大气概。诗的语言明快自然，句法灵活，形象感人。

北朝乐府民歌中影响最大的是长篇叙事诗《木兰诗》。作品通过花木兰女扮男妆代父从军的故事，赞扬了我国劳动妇女纯朴、善良、英勇、刚毅的优秀品格。

历代诗人如曹植、王粲、鲍照、李白、杜甫、白居易等都曾学习借鉴乐府诗的艺术形式和表现手法写出不少优秀的作品，可见其影响之深刻。

代表作品

陌 上 桑[1]

日出东南隅[2],照我秦氏楼。
秦氏有好女,自名为罗敷。
罗敷善蚕桑,采桑城南隅。
青丝为笼系,桂枝为笼钩。
头上倭堕髻[3],耳中明月珠。
缃绮为下裙,紫绮为上襦。
行者见罗敷,下担捋髭须。
少年见罗敷,脱帽著帩头[4]。
耕者忘其犁,锄者忘其锄。
来归相怨怒,但坐观罗敷。
使君从南来,五马立踟蹰。
使君遣吏往,问是谁家姝[5]?
"秦氏有好女,自名为罗敷。"
"罗敷年几何?"
"二十尚不足,十五颇有余。"
使君谢罗敷[6]:"宁可共载不?"
罗敷前致辞:"使君一何愚[7]!
使君自有妇,罗敷自有夫。"

东方千余骑,夫婿居上头⑧。
何用识夫婿⑨?白马从骊驹;
青丝系马尾,黄金络马头;
腰中鹿卢剑⑩,可值千万余。
十五府小吏,二十朝大夫,
三十侍中郎,四十专城居⑪。
为人洁白皙,鬑鬑颇有须⑫。
盈盈公府步,冉冉府中趋。
坐中数千人,皆言夫婿殊⑬。

注释:

①这是一首语言优美、风格诙谐的民间叙事诗,诗人成功地塑造了一个貌美品端、机智活泼、亲切可爱的女性形象。

②隅:方。

③倭堕髻:又称"堕马髻",其髻歪斜在一侧,呈欲堕不堕之状,是东汉的一种时髦发式。

④帩头:"绡头",束发的纱巾。古代男子蓄长发,先用纱巾束扎,然后加冠。

⑤使君:东汉时太守、刺史的称呼。姝:美女。

⑥谢:问,告。

⑦一:语助词。

⑧上头:前列。

⑨何用:用什么。夫婿:罗敷称自己的丈夫。

⑩鹿卢:通常写作"辘轳"。长剑的手柄用玉镶饰成辘轳形。

⑪专城居：犹言为一城之主，即太守、刺史之类的官职。

⑫鬑鬑：胡须疏朗貌。白面长髯是当时男性美的标准。

⑬殊：人才出众。

古诗为焦仲卿妻作[①]（节选）

孔雀东南飞，五里一徘徊[②]。
十三能织素，十四学裁衣，
十五弹箜篌[③]，十六诵诗书。
十七为君妇，心中常苦悲。
君既为府吏，守节情不移。
贱妾留空房，相见常日稀。
鸡鸣入机织，夜夜不得息。
三日断五匹，大人故嫌迟[④]。
非为织作迟，君家妇难为。
妾不堪驱使，徒留无所施[⑤]。
便可白公姥[⑥]，及时相遣归。

注释：

①此诗350多句，1780多字，这里节选的是本诗开头的部分。全诗通过汉末庐江郡小吏焦仲卿和妻子刘兰芝婚姻的不幸，描述了一个哀艳动人的故事，这是社会的悲剧，也是性格的悲剧，成了以死捍卫爱情，反抗封建专制的典型。

②“孔雀”二句：起兴之词。汉乐府写夫妻别离，多用双鸟

飞翔起兴。余冠英《乐府诗选》:“《艳歌何尝行》:‘飞来双白鹄,乃从西北来……五里一反顾,六里一徘徊’是本篇起兴两句的来源。”

③箜篌:古代乐器名,传自西域,体曲而长,似瑟而小,有二十三弦。

④断:把织成匹的布从织布机上割下来。大人:刘氏称仲卿的母亲。

⑤施:用处。

⑥白:告诉。公姥:公婆,这里是“公姥”的偏义复词,因姥而连言公。

上山采蘼芜①

上山采蘼芜②,下山逢故夫。
长跪问故夫,新人复何如?
新人虽言好,未若故人姝③。
颜色类相似,手爪不相如④。
新人从门入,故人从阁去⑤。
新人工织缣,故人工织素⑥。
织缣日一匹,织素五丈余⑧。
将缣来比素,新人不如故。

注释:

①这首诗写的是弃妇同前夫的对话,反映了妇女在封建社

会所受的不平待遇。开端三句是作者的叙述,以下都是弃妇和前夫的问答之词。

②蘼芜:香草名,叶子风干可以做香料。

③姝:美好,此指勤劳有妇德。

④手爪:指纺织等技能。

⑤阁:旁门,小门。新妇从正面大门被迎进来,故妻从旁面小门被送出去。一荣一辱,一喜一悲,尖锐对照。

⑥缣、素:都是绢。素色洁白,缣色带黄,素贵缣贱。

⑦一匹:汉制,长四丈。

十五从军征[①]

十五从军征,八十始得归。
道逢乡里人:家中有阿谁[②]?
遥望是君家,松柏冢累累[③]。
兔从狗窦入[④],雉从梁上飞。
中庭生旅谷,井上生旅葵[⑤]。
舂谷持作饭,采葵持作羹。
羹饭一时熟,不知贻阿谁。
出门东向看,泪落沾我衣。

注释:

①这是一首叙事诗。主人公少小从军,老年还乡,亲人已经死尽,家园成了废墟。反映了战争的残酷,也反映了人民被

统治者奴役的痛苦。

②阿：发语词，无义。

③冢：高坟。累累：一个连一个。

④狗窦：给狗出入的墙洞。

⑤植物未经播种而生叫“旅生”。旅生的谷与葵叫“旅谷”“旅葵”。

子夜四时歌[①]·春歌

其一

春风动春心，流目瞩山林。
山林多奇采，阳鸟吐清音[②]。

注释：

①《子夜四时歌》又称《四时歌》《吴声四时歌》，是《子夜歌》的变曲，属《吴声歌曲》。共七十五首，依歌词内容又分作春歌、夏歌、秋歌、冬歌，这首是春歌。

②阳鸟：这里泛指春天的鸟。

其十

春林花多媚，春鸟意多哀[①]。
春风复多情，吹我罗裳开。

注释：

①意多哀：指鸟声婉转动听。哀，动人的意思。

读 曲 歌[1]

柳树得春风,一低复一昂[2]。
谁能空相忆,独眠度三阳[3]。

注释:

①《读曲歌》属南朝民歌中的《吴声歌曲》。《乐府诗集》收无名氏《读曲歌》八十九首,今选一首。“读曲”的字义是“窃声读曲细吟”,唱时不奏乐器。《读曲》又作《独曲》。

②以春风比所欢,以柳树自比。柳树得春风就飞舞起来,自己离所欢就没有乐趣。

③三阳:三春,指春季的三个月。

木 兰 诗[1]

唧唧复唧唧[2],木兰当户织。
不闻机杼声,惟闻女叹息。
问女何所思,问女何所忆。
女亦无所思,女亦无所忆。
昨夜见军帖,可汗大点兵[3],
军书十二卷,卷卷有爷名[4]。
阿爷无大儿,木兰无长兄。

愿为市鞍马，从此替爷征。
东市买骏马，西市买鞍鞯[5]，
南市买辔头，北市买长鞭。
旦辞爷娘去，暮宿黄河边，
不闻爷娘唤女声，但闻黄河流水鸣溅溅。
旦辞黄河去，暮至黑山头[6]，
不闻爷娘唤女声，但闻燕山胡骑鸣啾啾[7]。
万里赴戎机，关山度若飞。
朔气传金柝[8]，寒光照铁衣。
将军百战死，壮士十年归。
归来见天子，天子坐明堂[9]。
策勋十二转[10]，赏赐百千强。
可汗问所欲，木兰不用尚书郎[11]，
愿驰千里足[12]，送儿还故乡[13]。
爷娘闻女来，出郭相扶将；
阿姊闻妹来[14]，当户理红妆；
小弟闻姊来，磨刀霍霍向猪羊[15]。
开我东阁门，坐我西阁床，
脱我战时袍，著我旧时裳。
当窗理云鬓，对镜帖花黄[16]。
出门看火伴，火伴皆惊忙[17]。
同行十二年，不知木兰是女郎。
雄兔脚扑朔，雌兔眼迷离[18]。
双兔傍地走，安能辨我是雄雌？

注释:

①本诗叙述的是女英雄花木兰代父从军的故事。产生在民间,虽经后代文人润色,但保存民歌风的地方还不少。

②唧唧:叹息声。

③军帖:征兵的文书和名册。可汗:西北民族君主之称,起于汉以后。

④爷:父亲。

⑤鞯:马鞍下的垫子。西魏至唐初应征从军的人须自备鞍马、弓箭等物。

⑥至:一作"罕"。黑山:杀虎山,蒙古语为阿马汉喀喇山,在今呼和浩特市东南百里。一作"黑水"。

⑦燕山:指燕然山,即今蒙古国境内之杭爱山。鸣:一作"声"。

⑧金柝:古代刁斗。即有耳柄的三只脚铜锅,白天做炊具,夜里用来报更,就是"刁斗"。

⑨明堂:古代皇帝听政、办公的大殿。

⑩策勋:记功受爵。十二转:极言军功显赫,屡次迁升。转,军功升高一等,官爵随升一级,谓"一转"。赏赐:一作"赐物"。

⑪尚书郎:官名,魏晋以后,中央在主管国际政治机构的尚书省下分设若干部门,主持各部门工作的长官称"尚书郎"。

⑫"愿驰"句:希望骑上千里马。

⑬儿:木兰自称。

⑭一作"阿妹闻姊来"。

⑮霍霍:磨刀声。

⑯帖花黄:帖通“贴”。六朝以来女子有黄额妆,在额间涂黄,谓“帖花黄”。

⑰皆:一作“始”。忙:一作“惶”。

⑱扑朔:跳跃貌。迷离:不明貌。以上二句互文,雌兔的脚也扑朔,雄兔的眼也迷离。

古体诗

概述

古体诗简称古诗，也叫古风，即东汉至唐代以前历代诗人在民谣和乐府民歌影响下所作的不入乐的诗歌作品。这种有别于民间歌谣和乐府民歌的诗体，萌芽于东汉初期，兴盛于汉末至魏、晋、南北朝。

古体诗诗体形式的突出特点是篇无定句、句无定字，作品不受音乐限制，篇幅可依内容的需要该长即长、宜短即短，句式以五言、七言居多，兼有四言、六言、杂言多种。加之发展过程中虽在诗的用韵、平仄、对仗等方面渐渐有所追求，但同其后出现的格律体诗歌——近体诗、词、散曲相比，形式上仍较灵活和自由。所以即使在上述诗体形式居于主导地位的唐、五代、宋、元、明、清至现代，诗人们也都喜欢运用这种诗歌形式进行写作，并涌现了大量优秀作品，成了传统诗歌形式中经久不衰的主要品类之一。

唐代以前的古体诗歌，诗家云集，作品甚多。其中，虽有一定数量清淡玄理的玄言诗、寄情河岳的山水诗以及专事声色描绘的绮靡浮华的宫体诗等，但多数作品却能继承《诗经》

《楚辞》的现实主义传统，较为广泛地反映了东汉至魏、晋、南北朝时期的社会生活，具有一定的文学价值。其间较有成就的古体诗家，有东汉的班固、张衡、蔡氏父女，魏晋时期的曹氏三父子、阮籍、嵇康、陶渊明，南北朝时期的鲍照、王籍、谢朓、庾信等。

东汉时期古体诗歌的最高成就是《古诗十九首》。这是一组由后人杂集在一起的出于无名诗人之手的五言体抒情古诗。这些诗歌，所写多是夫妇、朋友之间及他乡游子的别绪离愁和苦闷失意情怀，反映生活面较窄，在艺术上却有较高成就。这些作品或借助比兴，或映衬烘托，或直抒胸臆，大都语言朴素自然，感情浓郁诚挚，风格多数委婉含蓄、清丽和谐，富有“风”“骚”韵味。如《迢迢牵牛星》：

迢迢牵牛星，皎皎河汉女。
纤纤擢素手，札札弄机杼。
终日不成章，泣涕零如雨。
河汉清且浅，相去复几许？
盈盈一水间，脉脉不得语。

该诗以神话中牛郎织女的爱情故事为题材，写其为盈盈一水之隔相爱而不能相聚的哀怨，用以借喻世上有情男女咫尺天涯的人生悲剧。

再如《步出城东门》：

步出城东门，遥望江南路。

前日风雪中，故人从此去。
我欲渡河水，河水深无梁。
愿为双黄鹄，高飞还故乡。

这是一首写游子思归的抒情诗。作品构思简洁，语言洗练，用韵灵活，并以鸟的自由飞翔作比，表达了诗人渴盼实现人生理想的思想感情。

《古诗十九首》的出现，奠定了五言诗歌的基础，并对后世抒情诗歌的发展有较大影响。

除《古诗十九首》外，唐以前历代较有影响的古体诗还有很多，如：班固的《咏史》，张衡的《四愁诗》；曹操的《短歌行》《观沧海》《步出夏门行》，曹植的《白马篇》《七步诗》；陶渊明的《归园田居》《饮酒》；鲍照的《梅花落》；隋代无名氏的《送别诗》。其他还有曹丕、蔡琰、谢灵运、谢朓、王籍、庾信，以及"建安七子""竹林七贤""永明体"诗派等诸多名家的作品。这些古体诗，虽在句式、篇幅、用韵、平仄、对仗等方面较为灵活自由，但大都诗意盎然，诸美皆备，不失为佳作。如曹操的《观沧海》：

东临碣石，以观沧海。
水何澹澹，山岛竦峙。
树木丛生，百草丰茂。
秋风萧瑟，洪波涌起。
日月之行，若出其中。
星汉灿烂，若出其里。

幸甚至哉，歌以咏志。

曹操的这首四言体古诗，有"我国诗歌史上最早的一首较为完整的写景诗"之称。作品继承发展了《诗经》、乐府民歌的优良传统，运用质朴无华但很有表现力的语言，并借助丰富的想象，形象生动地描绘出深秋时节博大雄浑的沧海景观，表现了诗人气贯山河的伟大情怀。

曹氏父子中古体诗成就最大的曹植，以五言诗《白马篇》《名都篇》等著称，尤以《七步诗》最为脍炙人口：

煮豆持作羹，漉菽以为汁。
萁在釜下燃，豆在釜中泣。
本是同根生，相煎何太急？

这首诗据传是曹植遵其登上皇位的兄长曹丕之命，在走七步路的时间内作成的。诗中以同根生的豆子、豆秆借喻同胞兄弟，又以萁豆相煎借喻兄长对他的迫害，比拟贴切，诗意含蓄而又深刻，故广为后人传诵。

晋代诗人陶渊明的五言体田园古诗，善白描，富意境，语言平实、自然、质朴无华，艺术风格平淡而又不失大家风范。如他的《饮酒》(其五)：

结庐在人境，而无车马喧。
问君何能尔？心远地自偏。
采菊东篱下，悠然见南山。

山气日夕佳，飞鸟相与还。
此中有真意，欲辨已忘言。

诗歌通过对恬静、美好、悠然自得的山居生活及其内心感受的描述，表现了诗人热爱农村淳朴生活、厌倦官场黑暗现实的思想感情。

鲍照的《梅花落》，其特点在于五言、七言兼用。作品以梅花同杂树作比，讴歌梅花之高洁，表现了作者不随流俗，坚韧不拔的思想品格。

再如隋代无名氏的《送别诗》：

杨柳青青著地垂，杨花漫漫搅天飞。
柳条折尽花飞尽，借问行人归不归？

该诗的字面意思是写暮春将去，渴盼游子返归。而其寓意则在讽刺隋炀帝的巡游无度，以致民穷财空，希望他罢游返归。

上面所列其余诸诗家的作品，或意境不凡，或佳句感人，或艺术手法独到，也都值得一读。至于唐朝以来的历代古体诗佳作，如骆宾王的《咏鹅》、杜甫的《石壕吏》、白居易的《卖炭翁》、文天祥的《正气歌》、秋瑾的《宝刀歌》等，更是五彩缤纷，不胜枚举。

代表作品

行行重行行①

行行重行行②,与君生别离。
相去万余里,各在天一涯③。
道路阻且长,会面安可知?
胡马依北风,越鸟巢南枝④。
相去日已远,衣带日已缓⑤。
浮云蔽白日⑥,游子不顾返⑦。
思君令人老,岁月忽已晚⑧。
弃捐勿复道⑨,努力加餐饭。

注释:

①这首诗是《古诗十九首》中的一首。"古诗"本是后代人对于古代诗的普通称谓,六朝人也称汉魏诗为古诗。汉诗中有一批流传到梁、陈时代,不但"不知作者",而且题目也失传了。这些诗,收集者便一概题为《古诗十九首》。《行行重行行》是汉末动荡岁月中的相思乱离之歌,抒写了一个女子对远行在外的丈夫的深切思念。

②重行行:张玉谷《古诗十九首赏析》曰:"言行之不止也。"重,再,又。行行,即走啊走啊。

③天一涯:天一方。

④胡马:生在北方的马。胡,古代指北方的狄,汉代指匈奴,这里指代北方。依:依恋。越鸟:生在南方的鸟。越,汉代指百越,即今广东、广西、福建一带,这里指南方。此二句暗示物尚眷恋故土,何况于人?

⑤"相去"二句:用汉乐府《古歌》"离家日趋远,衣带日趋缓"句意。此以衣带松弛暗示久行怀思,人体消瘦。已:同"以"。

⑥浮云蔽日:比喻游子的心有所惑。

⑦不顾返:不回返,不回家。

⑧"岁月"句:语本《诗经·小雅·采薇》:"曰归曰归,岁亦莫止。"

⑨捐:与"弃"同义,舍弃,抛弃。

庭中有奇树①

庭中有奇树②,绿叶发华滋③。
攀条折其荣④,将以遗所思。
馨香盈怀袖⑤,路远莫致之。
此物何足贵,但感别经时。

注释:

①这是一首感物怀人、思妇想念远行丈夫的诗。作者从庭树开花说到折花欲寄远人,再说到怀藏多时没人送去,最后说

送不送算不了什么，不过是因分别太久而生痴想罢了。

②奇树：嘉美的树。奇，本有佳、美的意义。

③发华滋：花开得很繁盛。发，绽放。华，同“花”。滋，繁茂。

④荣：花。

⑤盈：满。

别　诗[①]

苏　武

骨肉缘枝叶[②]，结交亦相因[③]。
四海皆兄弟，谁为行路人[④]。
况我连枝树[⑤]，与子同一身。
昔为鸳与鸯，今为参与辰[⑥]。
昔者长相近，邈若胡与秦[⑦]。
惟念当乖离[⑧]，恩情日以新。
鹿鸣思野草，可以喻嘉宾。
我有一樽酒，欲以赠远人。
愿子留斟酌，叙此平生亲。

注释：

①《别诗》相传是苏武和李陵相赠答的一组五言诗，《文选》载七首，《古文苑》载十首。这里选两首。这是一首送别兄弟的诗，从平日的恩情说到临别的感想，再说到饯行。

②骨肉：指兄弟。

③因:亲。

④“四海”句:语出《论语》:“子夏谓司马牛曰:‘四海之内,皆为兄弟。君子何患乎无兄弟?’”

⑤连枝树:“连理树”,喻恩爱夫妻,这里用来喻亲兄弟。

⑥参、辰:同参、商,二星名,参星居西方,辰星(又名商星)居东方,二星出没互不相见,比喻彼此乖离。

⑦邈:远。“胡与秦”,犹言外国和中国。当时西域人称中国为“秦”。是说往日亲近,今后就疏远了。

⑧乖:睽别。睽,分离。

别　诗[①]

李　陵

嘉会难再遇,三载为千秋[②]。
临河濯长缨[③],念子怅悠悠[④]。
远望悲风至,对酒不能酬[⑤]。
行人怀往路,何以慰我愁。
独有盈觞酒,与子结绸缪[⑥]。

注释:

①这一首是饯别朋友的诗。大意说过去相聚三年,不可再得。临别惆怅,连劝酒也没心思了,但是拿什么解愁呢?还是得靠这盈觞之酒啊。

②三载:指过去相聚的时间。“三载”等于“千秋”,言其可贵。

③濯：洗涤。长缨：冠缨，官人的服饰，濯之以远归。一说为系在马颈的革带，洗涤长缨是驾车前的准备工作。

④念子：一作“念别”。

⑤酬：劝酒。

⑥绸缪：缠绵，谓情深意厚。上文说“对酒不能酬”，结尾又说“独有盈觞酒，与子结绸缪”，表现出作者烦忧重叠和无可奈何之情。

短歌行

曹操[①]

对酒当歌，人生几何？
譬如朝露，去日苦多。
慨当以慷，忧思难忘。
何以解忧[②]？唯有杜康[③]。
青青子衿，悠悠我心[④]。
但为君故，沉吟至今[⑤]。
呦呦鹿鸣[⑥]，食野之苹[⑦]。
我有嘉宾，鼓瑟吹笙。
明明如月，何时可掇[⑧]？
忧从中来，不可断绝。
越陌度阡[⑨]，枉用相存[⑩]。
契阔谈宴[⑪]，心念旧恩[⑫]。
月明星稀，乌鹊南飞。

绕树三匝[13],何枝可依?

山不厌高,海不厌深[14]。

周公吐哺,天下归心[15]。

注释:

①曹操(155—220),字孟德,沛国谯县(今安徽亳州)人。建安元年(196年)迎献帝都许昌,受封大将军及丞相,挟天子以令诸侯,成为北方的实际统治者。曹操现存诗二十余首,这些诗篇或写民生疾苦,或抒一统天下之志,慷慨悲凉,刚健有力,气韵沉雄。本诗是一首用于宴会的歌辞,有感伤乱离、怀念朋友、叹息时光消逝和希望得贤才帮助建立功业之意。

②何以:以谁。

③杜康:人名,相传是首先酿酒者之一,这里指杜康酒。

④衿:衣领。青衿:青色的衣领,周代学子的服装。悠悠:长貌,形容思念之情。

⑤君:指所思慕的人。沉吟:低吟。

⑥呦呦:鹿鸣声。

⑦苹:艾蒿。

⑧掇:取得。

⑨陌、阡:田间的道路。古谚有"越陌度阡,更为客主",这里用成语"越陌度阡",言客人远道来访。

⑩存:问候。

⑪契阔:契是投合,阔是疏远,这里是偏义复词,偏用契字的意义。"契阔谈宴"就是说两情契合,在一处谈心宴饮。

⑫旧恩:往日的情谊。

⑬匝：周。

⑭比喻贤才多多益善。

⑮周公吐哺：《韩诗外传》卷三载周公之语曰："吾于天下亦不轻矣，然吾一沐三握发，一饭三吐哺，起以待士，犹恐失天下之贤人。"篇末引周公自比，说明求贤建业的心思。

燕歌行

曹　丕[①]

秋风萧瑟天气凉，草木摇落露为霜[②]。
群燕辞归雁南翔，念君客游思断肠[③]。
慊慊思归恋故乡，君何淹留寄他方[④]？
贱妾茕茕守空房，忧来思君不敢忘，
不觉泪下沾衣裳。
援琴鸣弦发清商[⑤]，短歌微吟不能长。
明月皎皎照我床，星汉西流夜未央[⑥]。
牵牛织女遥相望，尔独何辜限河梁[⑦]？

注释：

①曹丕（187—226），字子桓，曹操次子。建安二十五年（220年）代汉即帝位，在位七年。他自幼娴习弓马，读书勤奋。现存诗歌约四十首。本首诗用细腻委婉的笔触和明媚清丽的语言，叙写妻子对丈夫的思念。

②摇落：凋残。

③思断肠：一作"多思肠"。

④慊慊:怨恨、不满的样子。淹留:久留。上句是设想对方必然思归,本句是因其不归而生疑问。

⑤清商:乐调名。清商音节短促,故说“短歌微吟不能长”。

⑥夜未央:夜已深而未尽,表示夜已很深了。

⑦尔:指牛郎织女。河梁:河上的桥。牛郎和织女隔着天河,只能每年七月七日喜鹊为他们搭桥才能相见。限:阻隔。

白马篇

曹　植[①]

白马饰金羁,连翩西北驰。
借问谁家子,幽并游侠儿[②]。
少小去乡邑,扬声沙漠垂[③]。
宿昔秉良弓,楛矢何参差[④]。
控弦破左的[⑤],右发摧月支[⑥]。
仰手接飞猱[⑦],俯身散马蹄[⑧]。
狡捷过猴猿,勇剽若豹螭[⑨]。
边城多警急,胡虏数迁移。
羽檄从北来[⑩],厉马登高堤。
长驱蹈匈奴,左顾凌鲜卑[⑪]。
弃身锋刃端,性命安可怀[⑫]?
父母且不顾,何言子与妻?
名编壮士籍,不得中顾私。
捐躯赴国难,视死忽如归。

注释:

①曹植(192—232),字子建,曹操之子,曹丕的同胞弟弟。现存诗八十多首,以五言为主,词采华茂,语言精练,情感热烈,代表了建安文学的最高成就。曹植平素也有“捐躯赴难,视死如归”的抱负,忠勇游侠也可能是作者的自况。这是一首表现边塞游侠忠勇卫国的五言古诗。

②幽并:两州名,在今河北、山西一带。

③扬声:扬名。垂:通“陲”,边远地区。

④楛:木名,茎可以做箭杆。

⑤控弦:张弓。左的:左面的靶子。

⑥月支:又名素支,白色的靶子。

⑦猱:动物名,猿类,体矮小,攀缘树木极其轻捷,上下如飞。

⑧散:碎裂、摧毁。马蹄:黑色的靶子。

⑨剽:轻疾。螭:传说中无角的龙。

⑩檄:征召的文书,写在一尺二寸长的木筒上。

⑪长驱:一作“右驱”。鲜卑:东胡种族,东汉末成为北方强族。

⑫怀:犹“惜”。

七 哀 诗

王 粲[①]

西京乱无象[②],豺虎方遘患[③]。
复弃中国去,委身适荆蛮[④]。

亲戚对我悲，朋友相追攀[5]。
出门无所见，白骨蔽平原。
路有饥妇人，抱子弃草间。
顾闻号泣声，挥涕独不还。
“未知身死处，何能两相完[6]？”
驱马弃之去，不忍听此言。
南登霸陵岸[7]，回首望长安。
悟彼下泉人，喟然伤心肝[8]！

注释：

①王粲（177—217），字仲宣，山阳高平（今山东省邹城西南）人。他的祖父王畅在汉灵帝时为司空，是当时的名士。粲在少年时已被蔡邕称为“有异才”。在建安诗人中他的地位很高，是“建安七子”之冠。王粲有《七哀诗》三首，这首写的是乱离中之所见，是一幅难民图。

②西京：指长安。无象：犹言无道或无法。

③豺虎：指李傕、郭汜等人。初平三年（192年）李、郭等在长安造乱。遘：同“构”，造。

④委身：托身。荆蛮：指荆州。荆州是古楚国地，楚国的本号就叫荆。周人称南方的民族为蛮，楚在南方，所以被称为荆蛮。这里沿用旧称。

⑤攀：谓攀辕依恋。

⑥完：保全。以上二句是作者所闻妇人的话。

⑦霸陵：汉文帝的葬处，在长安东。岸：高地。

⑧下泉：《诗经》篇名。末二句是说懂得作《下泉》的诗人为

什么伤叹了。作者登临一代名主汉文帝的陵墓,遥望“豺虎”纷纷的长安,不免要像《下泉》的作者当乱世而思贤君。

咏　怀

阮　籍[1]

夜中不能寐,起坐弹鸣琴。
薄帷鉴明月[2],清风吹我襟。
孤鸿号外野,翔鸟鸣北林[3]。
徘徊将何见?忧思独伤心。

注释:

①阮籍(210—263),字嗣宗,陈留尉氏(今河南省尉氏县)人。建安作家阮瑀之子,好学博览,在文学上受屈原的影响较多。《咏怀》八十余首,感慨很深,格调高浑,是正始(魏齐王曹芳年号)时代(240—249)的著名诗人。《咏怀诗》是阮籍生平诗作的总题,不是一时所作,大多写生活的感慨。本诗写夜中不寐、苦闷彷徨之情。

②鉴:照。这句是说月光照于薄帷。

③翔鸟:飞翔盘旋着的鸟。鸟在夜里飞翔正因为月明。

情　诗

张　华[1]

游目四野外[2],逍遥独延伫[3]。

兰蕙缘清渠，繁华荫绿渚。

佳人不在兹，取此欲谁与[④]？

巢居知风寒，穴处识阴雨。

不曾远离别，安知慕俦侣[⑤]？

注释：

①张华（232—300），字茂先，范阳方城（今河北省固安县南）人。出身贫苦，博闻强记，著《博物志》十卷。他是晋惠帝（司马衷）时代（290—307）有名望的大臣。《情诗》共五首，是夫妇相赠答之词。本诗是第五首，男赠女，写别后的思慕。

②游目：随意观览，目光不集中在一处。

③延伫：久立。

④佳人：指妻。这两句是说：所思不在，取得兰蕙无人共赏。

⑤末四句用虫鸟知风雨做比喻，说明只有亲身经历夫妇远别的人，才能体会相互思念之情。

咏史（其六）

左　思[①]

荆轲饮燕市[②]，酒酣气益震。

哀歌和渐离，谓若傍无人。

虽无壮士节，与世亦殊伦[③]。

高眄邈四海[④]，豪右何足陈[⑤]？

贵者虽自贵，视之若埃尘。

贱者虽自贱，重之若千钧[⑥]。

注释:

①左思(约 250—约 305),字太冲,齐国临淄人,出身寒门,仕途不得意。他的诗常有讽喻,意气豪迈,语言简劲有力,绝少雕琢,继承了汉魏诗的优良传统。左思有《咏史》八首,不专古人、故事,而是借以写自己的怀抱。本篇是歌颂荆轲,以市井中的豪侠之士和那些朱门中的王侯相比较。作者认为荆轲虽不是理想中的壮士(像鲁仲连那样),但比起那些只知食禄的贵人,却如千钧和尘埃之差。

②荆轲:战国时齐人,好读书击剑。为燕太子丹刺秦王,失败被杀。他在燕国时和燕国的狗屠及会击筑(乐器名)的高渐离友善,常同在市中饮酒。高渐离击筑,荆轲哀歌相和,至于泣下,旁若无人。(见《史记·荆轲传》)

③殊伦:不同类。

④邈:小。

⑤豪右:豪门右姓,贵族大家。何足陈:言不足道。陈,陈述。

⑥钧:量名,三十斤为一钧。末四句表示对于豪右的轻视,一反世俗的评价。

归田园居(其一)

陶渊明[①]

少无适俗韵[②],性本爱丘山。

误落尘网中[③],一去三十年[④]。

羁鸟恋旧林，池鱼思故渊。
开荒南野际，守拙归园田。
方宅十余亩，草屋八九间，
榆柳荫后檐，桃李罗堂前。
暧暧远人村⑤，依依墟里烟⑥。
狗吠深巷中，鸡鸣桑树颠。
户庭无尘杂，虚室有余闲。
久在樊笼里，复得返自然。

注释：

①陶渊明（365或372或376—427），一名潜，字元亮，谥号靖节，浔阳柴桑（今江西九江）人。曾做过几次小官，时间都很短。最后一次出仕做彭泽令，在官八十几天就辞职归去。从此隐居躬耕，过了二十年的田园生活。他的许多诗都是写农村生活和他在躬耕中体验到的人生哲理，自然深厚，亲切有味。辞彭泽令归后作《归田园居》五首。这是一首自述离开仕途归居园田，以适合本性的田园诗。作者在简朴的乡村生活中，感受到了摆脱拘束返于自然的乐趣。

②适俗：适应世俗。韵：气质，品性。

③尘网：尘俗人事的束缚，这里指仕途。

④三十年：疑作为十三年，作者从二十九出仕为江州祭酒，到四十一岁辞去彭泽令归田，一共十三年。

⑤暧暧：昏暗不明的样子。

⑥依依：轻柔的样子。墟里：村庄。

归田园居(其三)[①]

陶渊明

种豆南山下[②],草盛豆苗稀。
晨兴理荒秽,带月荷锄归[③]。
道狭草木长,夕露沾我衣。
衣沾不足惜,但使愿无违[④]。

注释:

①这首诗续写田亩间的劳动和对于劳动的热爱。
②南山:指庐山。
③带月:形容月亮好像跟着人走的情景。
④愿无违:不违背自己的志愿。愿,指归耕。

饮　酒[①]

陶渊明

结庐在人境[②],而无车马喧。
问君何能尔?心远地自偏。
采菊东篱下,悠然见南山。
山气日夕佳[③],飞鸟相与还。
此中有真意,欲辨已忘言[④]。

注释:

①作者有《饮酒》诗二十首,都是酒后所题。诗中以即事即

景的叙写说明安贫乐道的“真意”。作者认为：当隐者之心远远离开尘俗的时候，便觉得所在之地不偏而自偏，同时也就能够欣赏自然，从自然景色中领会到无限的乐趣。

②人境：人间，世上。

③日夕：太阳落山时。

④这两句是说：这里面蕴藏着真理，想辨别出来却忘了该用什么语言来表达了。作者的意思是，既然领会了其中的真意，也无须用语言说出来了。

晚登三山还望京邑

谢　朓①

灞涘望长安，河阳视京县②。
白日丽飞甍，参差皆可见③。
余霞散成绮，澄江静如练。
喧鸟覆春洲④，杂英满芳甸⑤。
去矣方滞淫⑥，怀哉罢欢宴。
佳期怅何许⑦，泪下如流霰。
有情知望乡，谁能鬒不变⑧？

注释：

①谢朓（464—499），字玄晖，陈郡阳夏（今河南省太康县）人。因其做过宣城太守，人们称他为谢宣城；因其为谢灵运同郡、同族、同为山水诗人，人们又称他为小谢，当时极负盛誉。他

在诗歌方面有两大成就：一是与沈约共同努力，使“永明体”得以形成，并以一系列名篇树立了样板，奠定了基础。二是注重内容，使山水诗从玄言诗中分离出来，并在谢灵运山水诗的基础上加以发展、完善，趋于成熟。《晚登三山还望京邑》便是他趋于成熟的山水诗名篇之一。

这首诗写登山临江所见春晚之景和遥望京师而引起的故乡之思。三山：山名，在今南京市西南长江南岸。京邑：指金陵，故址在今南京市东南。

②涘：岸。河阳：县名，故址在今河南省孟州西。京县：指洛阳。以上二句以古人的望京比自己的望京，以霸陵、河阳比三山，以长安、洛阳比金陵。

③这两句写夕阳明丽。三山在建业之西，东望正见夕阳所照之处。甍：屋脊。

④喧：一作“暄”。覆：言其多。

⑤芳甸：长满芳草的郊野。

⑥“去矣”以下写怀归之情。滞淫：淹留。

⑦佳期：指还乡之期。何许：犹“何所”。

⑧鬒：黑发。一作“缜”。

古离别

江淹[1]

远与君别者，乃至雁门关。
黄云蔽千里[2]，游子何时还。
送君如昨日，檐前露已团。

不惜蕙草晚，所悲道里寒[3]。
君在天一涯，妾身长别离。
愿一见颜色，不异琼树枝[4]。
菟丝及水萍，所寄终不移[5]。

注释：

①江淹（444—505），字文通，济阳考城（今河南省民权县）人。出身孤寒，沉静好学。有《杂体诗三十首》，本篇列第一首，写思妇思念征夫。

②黄云：言尘埃和云相连而黄。谢灵运《拟魏太子邺中集诗》云："河洲多沙尘，风悲黄云起。"这句写塞外景象。

③"不惜"二句：言所悲不为感时而是怀远。句法从《古诗十九首》"不惜歌者苦，但伤知音稀"二句中来。

④琼树枝：传说中仙山上的如美玉般可治疗忧愁的树枝。

⑤末二句是说菟丝寄树，浮萍寄水，不能移借，比喻人的忠贞。

人日思归

薛道衡[1]

入春才七日[2]，离家已二年。
人归落雁后，思发在花前[3]。

注释：

①薛道衡（540—609），字玄卿，河东汾阴（今山西省万荣

县)人。历仕齐、周,至隋累官司隶大夫,在周、隋颇有才名,是隋朝艺术成就最高的诗人。本篇写乡思。

②首句言时当正月初七(即“人日”)。传说鸿雁正月自南归北。

③末二句言北归之念在春日花开之前早就有了,但真正归去的时候却要落在雁北归的后头。

近体诗

概述

近体诗也叫今体诗,包括绝句、律诗两个部分。这种诗体萌芽于南北朝时期,定型并繁荣于唐代,是在四句一首的五言、七言古体诗歌的基础上发展而成的又一种诗歌形式。因其格律严谨,又称"格律诗"。

以唐诗中的绝句、律诗为代表的近体诗,不但精于艺术构思,而且更注重语言运用的韵律调配。从唐三百年间数以千计的诗人所写的绝句、律诗来看,无论是作品的凝练情况,还是其意境、语言、声韵、节奏的精美程度,都升华到了前所未有的高度。加之题材广泛、风格多样,且具有较强的思想性、人民性,所以不仅当时能够流芳中外,历久不衰,成为世界文学宝库中一颗光辉灿烂的明珠,就是在今天,也深得国内外诗歌爱好者的厚爱,并为人们所推崇,所应用。

与古体诗相比,近体诗形式上最突出的特点,就在于作品的句数、字数、用韵、平仄以至粘对、对仗等,都有严谨的格律规定。兹举例分述于后。

(一)绝句

绝句又名“绝诗”“截句”“断句”，是近体诗中最短小精悍的一类，每首只有四句。

绝句有五言、七言之分。每句五言的叫五言绝句，简称“五绝”。如王之涣《登鹳雀楼》：

白日依山尽，黄河入海流。
欲穷千里目，更上一层楼。

再如卢纶《塞下曲》：

月黑雁飞高，单于夜遁逃。
欲将轻骑逐，大雪满弓刀。

每句七言的叫七言绝句，简称“七绝”。如张继《枫桥夜泊》：

月落乌啼霜满天，江枫渔火对愁眠。
姑苏城外寒山寺，夜半钟声到客船。

再如刘禹锡《石头城》：

山围故国周遭在，潮打空城寂寞回。
淮水东边旧时月，夜深还过女墙来。

绝句写作，一般需遵从如下规则：

1.押韵方式。近体诗诗律规定,每首绝句只能用一个韵,且限定从古诗韵(即“平水韵”,计 106 部)中的 30 个平声韵部(上平声、下平声各 15 部)里的一个韵部内选字相押。绝句的押韵方式是:第三句句尾字例用仄声字(即上声、去声、入声字),不入韵;第二句、第四句句尾字,必须押韵;首句句尾字入韵与否,视不同情况而定。五绝的正格(如《登鹳雀楼》)、七绝的变格(如《石头城》),首句不入韵;五绝的变格(如《塞下曲》)首句入韵。简言之,五绝的正格、七绝的变格,仅二、四句相押;七绝的正格、五绝的变格,一、二、四句全押。

2.粘对规则。粘对所指均是诗句中用字的声调(即平仄)问题。以绝句而论,诗的一、二句,三、四句各构成一联,每一联的上句曰“出句”,下句曰“对句”。所谓“对”,是指一联诗上下句的平仄、词性应两两相对,或基本相对。(如出句为“仄仄平平仄”,对句则应是“平平仄仄平”;若出句是“平平平仄仄”,对句则应为“仄仄仄平平”,否则就叫“失对”)所谓“粘”,是指下联出句(即第三句)的一、二字(或第二字),应与上联对句(即第二句)的一、二字(或第二字)平仄一致,即相粘连,(如第二句为“平平仄仄平”,则第三句应为“平平平仄仄”)否则曰“失粘”。上边所举诗例,大都如是。

3.平仄格式。五言、七言绝句的平仄格式各有四种,可根据作品首句起字、收字的平仄变化,依照粘对原则推演出来。现采用“—”“|”“㊀”“①”四种符号,分别代表“平声”(含上平、下平)、“仄声”(含上声、去声、入声)、“平声可仄”、“仄声可平”,将五绝的四种平仄格式表示如下:

Ⅰ式(仄起仄收)

⦶ 丨 — — 丨，　　如:功盖三分国，
— — 丨 丨 —。　　名成八阵图。
⊖ — — 丨 丨，　　江流石不转，
⦶ 丨 丨 — —。　　遗恨失吞吴。

(杜甫《八阵图》)

Ⅱ式(仄起平收)

⦶ 丨 丨 — —，　　如:寥落古行宫，
— — 丨 丨 —，　　宫花寂寞红。
⊖ — — 丨 丨，　　白头宫女在，
⦶ 丨 丨 — —。　　闲坐说玄宗。

(元稹《行宫》)

Ⅲ式(平起仄收)

⊖ — — 丨 丨，　　如:鸣筝金粟柱，
⦶ 丨 丨 — —。　　素手玉房前，
⦶ 丨 — — 丨，　　欲得周郎顾，
— — 丨 丨 —。　　时时误拂弦。

(李端《听筝》)

Ⅳ式(平起平收)

— — 丨 丨 —，　　如:花明绮阳春，
⦶ 丨 ⦶ — —。　　柳拂御沟新。
⦶ 丨 — — 丨，　　为报辽阳客，
— — 丨 丨 —。　　流芳不待人。

(生涯《闺人赠远》)

七言绝句也有四种平仄格式，首句分别为：

Ⅰ式（仄起平收）：① 丨 — — 丨 丨 —

（如贺知章《咏柳》）

Ⅱ式（仄起仄收）：① 丨 ㊀ — — 丨 丨

（如张继《枫桥夜泊》）

Ⅲ式（平起平收）：㊀ — ① 丨 丨 — —

（如李白《朝发白帝城》）

Ⅳ式（平起仄收）：㊀ — ① 丨 — — 丨

（如刘禹锡《石头城》）

上述四种格式，以首句入韵者为正格，Ⅰ式较为多见。

七绝可视为五绝的扩展，其Ⅰ、Ⅱ、Ⅲ、Ⅳ式，分别相当于五绝Ⅳ、Ⅲ、Ⅱ、Ⅰ式各句前添加两个同开头一、二字平仄相对的字。若以首句为基础，依照粘对规则将各种格式推演出来，即一目了然。

绝句的对仗、拗救等问题，留待下面一并介绍。

（二）律诗

律诗犹如行数扩展了的绝句，正格每首八句四联（曰首联、颔联、颈联、尾联）。变格（曰“排律”，也叫“长律”）每首少者十句，多则百联以上（如白居易《代书诗一百韵寄微之》）。

律诗亦有五言、七言之分，简称五律、七律。五言、七言律诗的用韵、粘对、声律规则等均与绝句相同，每首诗的平仄格式也各有四种，即：

五律

Ⅰ式（仄起仄收）：⊕ | — — |

（如杜甫《春望》）

Ⅱ式（仄起平收）：⊕ | | — —

（如王维《终南山》）

Ⅲ式（平起仄收）：⊖ — — | |

（如李白《送友人》）

Ⅳ式（平起平收）：— — | | —

（如杜荀鹤《山中寄友人》）

七律

Ⅰ式（仄起平收）：⊕ | — — | | —

（如杜牧《登池州九峰楼寄张祜》）

Ⅱ式（仄起仄收）：⊕ | ⊖ — — | |

（如杜甫《闻官军收河南河北》）

Ⅲ式（平起平收）：⊖ — ⊕ | | — —

（如白居易《放言五首》之三）

Ⅳ式（平起仄收）：⊖ — ⊕ | — — |

（如杜甫《客至》）

五律、七律分别以首句不入韵，入韵为正格。诸平仄格式中，五律Ⅰ、Ⅲ式和七律Ⅱ、Ⅳ式，分别相当于两首Ⅰ、Ⅲ式五绝和两首Ⅱ、Ⅳ式七绝的重叠；而五律Ⅱ、Ⅳ式和七律Ⅰ、Ⅲ式，则分别是五绝Ⅱ式同Ⅰ式、Ⅳ式同Ⅲ式，以及七绝Ⅰ式同Ⅱ式、Ⅲ式同Ⅳ式的相加组合。诸种平仄格式每句的平仄，也可以首句为基础，依照粘对规则推演出来，不再详列。

讲究对仗是律诗格律的一个重要方面。律诗的颔联（二联)、颈联(三联),排律则指首(一联)、尾(末联)两联之间的全部(如张巡《守瞧阳诗》的中间八句四联),必须使用对偶句,即对句和出句的句型、节奏必须相同,处于对应位置上的词语的词性必须相同或相近,相对应的字词的词义及平仄必须相对。例如杜甫《春望》:

〈国破山河在,
城春草木深。
《感时花溅泪,
恨别鸟惊心。
《烽火连三月,
家书抵万金。
〈白头搔更短,
浑欲不胜簪。

再如杜甫《闻官军收河南河北》:

〈剑外忽传收蓟北,
初闻涕泪满衣裳。
《却看妻子愁何在,
漫卷诗书喜欲狂。
《白日放歌须纵酒,
青春作伴好还乡。
〈即从巴峡穿巫峡,
便下襄阳向洛阳。

两首例诗均用了三个对偶句,以“《”号标出的两联是必对的,以“<”号标出的是可对可不对的。

对仗对于绝句来说是比较自由的,既可不对(如张继《枫桥夜泊》),也可全对(如杜甫《绝句》),也可部分对(如杜甫《八阵图》),以后者居多。

拗救是近体诗调配声律的遣词造句手法。当诗句中字的声调与平仄格式相违背(即“拗”)时,便可取“本句自救”或“对句相救”(即改变本句或邻句中其他字平仄)的办法加以补救。

近体诗对仗、拗救以及孤平等,还有许多讲究,限于篇幅,恕不一一介绍。有志于深入学习和付诸创作实践者,请参看王力《诗词格律》及陈锋《诗词曲格律》等专著。

代表作品

送杜少府之任蜀州

王　勃①

城阙辅三秦②，风烟望五津③。
与君离别意，同是宦游人④。
海内存知己，天涯若比邻。
无为在歧路，儿女共沾巾⑤。

注释：

①王勃（650 或 649—676），字子安，绛州龙门（今山西河津）人，才学出众，与杨炯、卢照邻、骆宾王并称“初唐四杰”。

这是一首送别诗，写得旷达豪爽。少府：县尉的通称。之任：赴任。蜀州：一作“蜀川”，在今四川崇州。

②城阙：指都城长安。辅：护持。三秦：西楚霸王项羽灭秦后，曾将其旧地分为雍、塞、翟三国，称三秦。此处指今陕西一带。

③五津：指长江在四川境内的五个渡口，白华津、万里津、江首津、涉头津、江南津。

④宦游人：在外做官的人。

⑤“无为”二句：不要在分手的路上，像小儿女一样哭哭啼啼。无为：不要。歧路：岔路，分手的路上。沾：湿。

在狱咏蝉

骆宾王[①]

西陆蝉声唱[②],南冠客思深[③]。
不堪玄鬓影[④],来对白头吟[⑤]。
露重飞难进,风多响易沉。
无人信高洁[⑥],谁为表予心。

注释:

①骆宾王(约638—?),婺州义乌(今属浙江)人,曾任长安主簿、侍御史。徐敬业起兵反对武则天(曌),骆宾王为其写《讨武曌檄》,徐敬业失败后骆宾王不知所终。其描写京都风貌、抒写牢骚愤慨的七言歌行《帝京篇》是被人称道的名篇。

此诗作于狱中,借咏蝉的高洁喻自己不肯同流合污的节操。

②西陆:指秋天。《隋书·天文志》载:"日循黄道东行……行东陆谓之春,行南陆谓之夏,行西陆谓之秋,行北陆谓之冬。"

③南冠:《左传·成公九年》记:"晋侯观于军府,见钟仪。问之曰:'南冠而絷者谁也?'对曰:'郑人所献楚囚也。'"后遂以南冠代指囚犯。客思:离家在外之人的愁思。

④玄鬓影:以女人的鬓发比蝉。玄,黑色。

⑤白头吟:古乐府名,传说是汉代卓文君因丈夫司马相如再娶而写的,曲调哀怨。

⑥信:相信。高洁:指蝉居高食洁,故曰高洁。

过故人庄

孟浩然[①]

故人具鸡黍[②],邀我至田家。
绿树村边合,青山郭外斜。
开轩面场圃[③],把酒话桑麻[④]。
待到重阳日[⑤],还来就菊花。

注释:

①孟浩然(689—740),襄阳(今湖北襄樊市襄阳区)人,一生过着隐遁的生活。他的诗歌享有盛名的是山水田园诗。他把山川景物、幽居生活描绘得平淡自然,富有情趣,充满生活气息。

这是一首写农家闲适恬淡情景的田园诗。过:探访。故人:老朋友。

②具:备办。鸡黍:语出《论语·微子》“杀鸡为黍而食之”,后指农家丰盛的饭菜。

③轩:此指窗。场圃:打谷场和菜园子。

④桑麻:泛指农事。

⑤重阳日:指阴历九月九日,旧时有登高饮菊花酒的风俗。

凉　州　词

王之涣[①]

黄河远上白云间,一片孤城万仞山[②]。

羌笛何须怨杨柳[3],春风不度玉门关[4]。

注释:

①王之涣(688—742),字季凌,并州晋阳(今山西太原)人,后徙居绛郡(今山西新绛)。曾任冀州衡水主簿和文安县尉,为官清正。曾游边地,是唐代著名边塞诗人之一。他的诗常配乐歌唱,名动一时。《凉州词》系唐代乐府曲名,多歌唱边塞生活。

这是一首传诵千古的边塞诗,清峻雄奇,展现了古代凉州一带旷阔悲凉的景象。

②孤城:指玉门关。仞:古时长度单位,一仞相当今八尺。

③羌笛:古代羌族的一种乐器。杨柳:指古代少数民族的民歌《折杨柳》,唐时有折柳送别的习俗。

④玉门关:故址在今甘肃敦煌西北,古为通西域要通。

出　塞

王昌龄[1]

秦时明月汉时关[2],万里长征人未还。
但使龙城飞将在[3],不教胡马度阴山[4]。

注释:

①王昌龄(?—约756),字少伯,京兆长安(今陕西西安)人。其诗意境开阔,精神昂扬,语句流畅,言简意深。

此诗即景怀古,思慕古代名将,暗讽边将不得其人。出塞:乐府古题,属《横吹曲》。

②“秦时”句:秦月、汉关为互文,明月仍是秦汉时的明月,边关仍是秦汉时的边关。

③龙城飞将:龙城,《汉书·卫青传》载,汉车骑将军卫青出击匈奴至龙城,斩首数百。龙城为汉时匈奴祭天处,在今蒙古国境内。也泛指边关。飞将,《史记·李将军列传》载,汉名将李广为右北平太守时,勇猛善战,匈奴称其为“汉之飞将军”。此处泛指古代边塞立功的名将。

④阴山:在今内蒙古自治区中部,是我国古代抵御北方侵扰的天然屏障。

送元二使安西

王　维[1]

渭城朝雨浥轻尘[2],客舍青青柳色新。
劝君更尽一杯酒,西出阳关无故人[3]。

注释:

①王维(701? —761),字摩诘,祖籍太原祁(今山西祁县),其父迁居于蒲州河东(今山西永济),遂为河东人。是唐代山水田园诗的主要作家之一,又是史上以画泼墨山水有名的画家。他的诗歌有“诗中有画”之誉,充满了诗情画意。《送元二使安西》又名《阳关三叠》《渭城曲》,在送别这个常见的诗歌类别中,王维的这首诗影响很大,被刘辰翁推为“古今第一”。其送别场景的描写,情景交融,以美好景物反衬离别的忧伤,收到了很好的艺术效果。

元二：作者友人，姓元，排行第二，具体事迹不详。使：出使。安西：唐代安西都护府，治所在今新疆库车附近。

②渭城：秦咸阳城，汉时改称渭城，在今西安西北，由西安到安西途经渭城。

③阳关：在今甘肃敦煌西南，因在玉门关之南，故称阳关，为出塞要地。

望庐山瀑布

李　白[①]

日照香炉生紫烟[②]，遥看瀑布挂前川。
飞流直下三千尺，疑是银河落九天[③]。

注释：

①李白（701—762），字太白，号青莲居士。祖籍陇西成纪（今甘肃静宁西南），出生于中亚碎叶城（今吉尔吉斯斯坦托克马克城）。五岁时随祖父迁回四川绵州彰明（今属四川江油）。二十五岁出川游历，因他诗名很高，被唐玄宗召见，后因蔑视权贵被排挤出长安。安史之乱后，曾因参加永王璘（唐玄宗第十六子）幕府被牵连流放夜郎，中途遇赦。晚年生活贫困，病死在安徽省当涂县。李白是我国伟大诗人之一，他的诗有极高的艺术价值。

这首七绝描绘祖国壮美河山，表现了诗人对祖国山河的热爱之情。庐山：在今江西九江市南面。

②香炉:庐山峰名,是庐山西北部的高峰。

③银河:天河。九天:古代传说天有九层,九天指最高一层天。

望天门山[1]

李　白

天门中断楚江开[2],碧水东流至此回[3]。
两岸青山相对出[4],孤帆一片日边来[5]。

注释:

①天门山:在今安徽当涂西南长江之滨。博望、梁山东西对峙如门,合称天门山。太白有《天门山铭》。

②楚江:指长江流经湖北、安徽的一段。因这一带古为楚地,故有此称。长江在蜀称蜀江,入楚称楚江,入吴称吴江。

③至此回:一作"至北回",又作"直北回"。或以为"北"乃"此之讹"。盖江水至此而折回向北。回,即回旋。

④两岸青山:指天门山。

⑤日边:太阳升起的东边。这两句说:一只帆船渐渐从太阳升起的地方行驶过来了。

早发白帝城[1]

李　白

朝辞白帝彩云间,千里江陵一日还[2]。

两岸猿声啼不住，轻舟已过万重山。

注释：

①白帝城：东汉公孙述所筑。述自称白帝，因此名城。故址在今四川奉节白帝山上。

②江陵：唐为荆州治所，今湖北荆州市。朝发白帝，暮到江陵，其间千二百里，这里说“千里”是举其成数。

登金陵凤凰台[①]

李　白

凤凰台上凤凰游，凤去台空江自流。
吴宫花草埋幽径[②]，晋代衣冠成古丘[③]。
三山半落青天外，一水中分白鹭洲。
总为浮云能蔽日，长安不见使人愁。

注释：

①此诗借怀古写景写出了诗人独特的感受。金陵：今江苏南京市。凤凰台：在今南京凤台山。传说南朝宋元嘉年间有三只凤凰集于山，因筑凤凰台，山也因此得名。

②吴宫：三国时吴国建都于金陵。

③衣冠：指贵族或有身份的人。古丘：指古墓、坟丘。

武威送刘判官赴碛西行军

岑　参[1]

火山五月行人少[2]，看君马去疾如鸟[3]。
都护行营太白西[4]，角声一动胡天晓[5]。

注释：

①岑参（约715—770），江陵（今湖北荆州市荆州区）人。他是唐代边塞诗人中卓越的代表，常以奇峭俊丽的风格，生动地描绘边地风光和军中将士的战地生活。

这首诗所记述的是当时西北边境少数民族入侵，官军出征抵抗，作者为朋友刘判官送行，并预祝大军旗开得胜时的情景。武威：今甘肃武威。碛西：指安西都护府。

②火山：火焰山，在今新疆维吾尔自治区吐鲁番盆地中北部。

③这句是说眼看着你骑马登上征程，如同飞鸟一般。

④都护：官名，这里指高仙芝。

⑤这两句说：高仙芝的部队一到安西，叛乱就会被平息。

绝　句

杜　甫[1]

两个黄鹂鸣翠柳[2]，一行白鹭上青天。
窗含西岭千秋雪[3]，门泊东吴万里船。

注释：

①杜甫(712—770)，字子美，原籍襄阳，其十三世祖杜预，乃京兆陵(今陕西西安市长安区东北)人，故杜甫自称“杜陵布衣”。曾祖时迁居巩县(今河南巩义)，是初唐诗人杜审言之孙。伟大的现实主义诗人杜甫的五言、七言古体长篇，亦诗亦史，标志着我国诗歌叙事艺术的高度成就。其五言、七言律诗、绝句既富于创造性，又有鲜明的特点，杜甫在我国文学史上可以说是一位承前启后、继往开来的全能诗歌艺术大师。这是杜甫写的一首上下两联均用对仗的七绝。

这首绝句生动地描绘了浣花溪畔草堂附近的优美景色，色彩绚丽，语言明快，字里行间充溢着对美好自然的热爱，充满奋发向上的精神，含蓄地表达了国家甫定后的喜悦。

②黄鹂：黄莺。

③西岭：泛指岷山一带，岷山位于成都西。岷山雪岭，积雪终年不化，故称“千秋雪”。

戏为六绝句其二[①]

杜　甫

王杨卢骆当时体[②]，轻薄为文哂未休[③]。
尔曹身与名俱灭[④]，不废江河万古流[⑤]。

注释：

①这是杜甫专门论诗的组诗《戏为六绝句》中的第二首。

唐代诗歌由古体逐渐形成了近体,即律诗和绝句。对此,“初唐四杰”做出了一定的贡献。但有一些轻薄的文人,却自以为是,对他们进行讥笑和挖苦。杜甫对这些人进行了讽刺。

②王杨卢骆:指“初唐四杰”王勃、杨炯、卢照邻、骆宾王。当时体:指初唐时形成的新诗歌的体裁。

③轻薄:浅薄的人。哂:讥笑。这两句说:王勃、杨炯、卢照邻、骆宾王四人是初唐时写近体诗的优秀诗人,有些轻薄文人却写文章喋喋不休地讥笑他们。

④尔曹:你们这些人,指讥笑四位诗人的人。

⑤不废江河:比喻四杰如江河永存。

望　岳[1]

杜　甫

岱宗夫如何[2]?齐鲁青未了[3]。
造化钟神秀[4],阴阳割昏晓[5]。
荡胸生曾云[6],决眦入归鸟[7]。
会当凌绝顶[8],一览众山小。

注释:

①这是一首五言律诗,描绘了东岳泰山雄伟高峻、神奇秀美的壮丽景色,抒发了诗人勇于攀登、腾凌绝顶的壮志,洋溢着对祖国山河的赞美与热爱。岳:高大的山,此指东岳泰山,在今山东泰安市北。

②岱宗:泰山别称岱山,为五岳之首,故称岱宗。

③齐鲁:春秋时,齐在泰山之北,鲁在泰山之南,后泛指山东一带为齐鲁。青:指泰山青翠的山色。未了:不尽,无穷无尽之意。

④造化:大自然。钟:聚集、凝结。神秀:神奇秀丽。

⑤阴阳:山北背阴为阴,山南向阳为阳。割:分割。昏晓:山北背日故曰昏,山南向日故曰晓。

⑥荡胸:激荡心胸,使心胸开阔的意思。

⑦决眦:睁大眼睛。决,裂开。眦,眼眶。入:进入。归鸟:飞回山林的鸟。

⑧会当:终将,定要。凌:登上。绝顶:泰山的最高峰。

闻官军收河南河北[①]

杜　甫

剑外忽传收蓟北[②],初闻涕泪满衣裳。
却看妻子愁何在[③]？漫卷诗书喜欲狂[④]。
白日放歌须纵酒[⑤],青春作伴好还乡[⑥]。
即从巴峡穿巫峡[⑦],便下襄阳向洛阳。

注释:

①此诗作于唐广德元年(763年)春,杜甫在梓州(今四川三台县)。这一年正月,史思明之子史朝义兵败而死,其部将田承嗣、李怀仙归降,河南、河北地区相继收复,安史之乱终于结束。此诗叙写闻听光复蓟北的喜悦和还乡的愉快。官军:唐王朝的军队。

②剑外:剑门关以南,代指蜀地。蓟北:蓟州以北,今河北省北部。

③却看:回头看。妻子:妻子儿女。

④漫卷:胡乱卷起。

⑤白日:白天,兼有阳光明媚的意思。放歌:放声高歌。纵酒:纵情饮酒。

⑥青春:明媚春色。春天山清水秀,草木发芽,一片青绿色,故曰青春。

⑦即:就。巴峡:指在今重庆嘉陵江之巴峡,俗称“小三峡”。巫峡:三峡之一,在今重庆市巫山县。

登　高[①]

杜　甫

风急天高猿啸哀[②],渚清沙白鸟飞回[③]。
无边落木萧萧下[④],不尽长江滚滚来。
万里悲秋常作客[⑤],百年多病独登台。
艰难苦恨繁霜鬓[⑥],潦倒新停浊酒杯[⑦]。

注释:

①这首诗通过诗人登高的所闻、所见、所感,描绘了大江边的深秋景象,抒发了诗人半生艰难的身世之感,也充分体现了杜诗浓郁顿挫的风格。

②猿啸:猿的叫声凄厉。

③渚:水中小块陆地,沙洲。清:冷落。回:回旋。

④落木:落叶。萧萧:风吹落叶声。

⑤万里:指夔州与故乡洛阳和京城相距遥远。悲秋:悲凉的秋天。作客:客居他乡。

⑥艰难:指时世艰难。苦恨:深恨、极恨。繁霜鬓:鬓边白发日增。

⑦潦倒:失意,困顿。新停浊酒杯:停杯罢饮之意。

江　雪

柳宗元[①]

千山鸟飞绝,万径人踪灭[②]。
孤舟蓑笠翁,独钓寒江雪[③]。

注释:

①柳宗元(773—819),字子厚,河东解(今山西运城市西南)人,故世称“柳河东”。柳宗元积极主张文学改革,是唐代古文运动的倡导者之一,在散文创作上取得了很大成就。他的诗歌,大部分抒写贬谪后的抑郁不平心情和对山水景物的欣赏与寄托。

②“千山”二句:大雪铺地,所有的山峰上,鸟都飞得无影无踪,无处可寻;茫茫旷野,不见一人,连各处道路上脚印都被大雪覆盖,没有一点踪迹。径:路。踪:脚印。

③“孤舟”二句:一位身披蓑衣、头戴斗笠的老渔翁,却无视严寒,独驾小船,冒雪在江边垂钓。蓑笠:披着蓑衣,戴着斗笠。

柳州城西北隅种柑树[1]

柳宗元

手种黄柑二百株，春来新叶遍城隅。
方同楚客怜皇树[2]，不学荆州利木奴[3]。
几岁开花闻喷雪，何人摘实见垂珠[4]。
若教坐待成林日，滋味还堪养老夫[5]。

注释：

①西北隅：西北角。柑树：橘树。

②"方同"句：自己种橘的目的和屈原相同。方同：正如。楚客：指战国时楚诗人屈原。怜：喜爱。皇树：橘树。

③利：作动词用，取利的意思。木奴：指橘树。这句是说这些树是不求衣食而可获利的奴隶。

④珠：指橘子。

⑤老夫：柳宗元自指。

早春呈水部张十八员外

韩　愈[1]

天街小雨润如酥[2]，草色遥看近却无[3]。
最是一年春好处，绝胜烟柳满皇都[4]。

注释：

①韩愈(768—824)，字退之，河南河阳(今河南孟州南)人。

唐代著名的文学家和诗人,其诗风格雄奇险怪,注重形式,反对庸俗浅浮。

这是一首写景诗。诗人以细致入微的观察力,十分逼真地写出了早春微雨的优美景色。水部张十八员外:指张籍。

②天街:京城长安的大街。酥:酥油,这里形容初春细雨的滋润。遥看:远看。

③这句说:刚刚萌发的春草,经细雨润湿,远望去一片嫩绿,近看的话,这片草色却又消失了。

④皇都:指唐都长安。这两句说:这是京城一年中春色最好的时光,远远胜过了柳色如烟笼罩全城时的暮春景象。

菊　花

元　稹[①]

秋丛绕舍似陶家,遍绕篱边日渐斜[②]。
不是花中偏爱菊,此花开尽更无花[③]。

注释:

①元稹(779—831),字微之,河南(今河南洛阳)人。他与白居易齐名,时称“元白”,和白居易共同提倡“新乐府”,主张诗歌反映民间疾苦,揭露社会矛盾。

②秋丛:指丛丛秋菊。陶家:指东晋著名诗人陶渊明,陶甚爱菊花。斜:倾斜。这两句说:一丛一丛的菊花环绕着房屋,看起来好似诗人陶渊明的家。绕着篱笆观赏菊花,不知不觉太阳已西斜了。

③这两句说:不是因为百花中偏爱菊花,只是因为菊花开过之后便不能够看到更好的花了。

竹枝词

刘禹锡[①]

杨柳青青江水平,闻郎江上踏歌声[②];
东边日出西边雨,道是无晴却有晴[③]。

注释:

①刘禹锡(772—842),字梦得,洛阳(今属河南)人。他是中唐时的优秀诗人之一,他的诗风格清新,开朗流畅,含蓄婉转,具有民歌特点。

这首诗写一位姑娘在听到所爱青年在江山唱歌时,就觉得是在和她谈情似的。诗中的双关隐语运用得很巧妙。

②踏歌:言唱时以脚踏地为节拍。

③晴:双关语,既有“晴”的意思,也有“情”的意思。“有晴”“无晴”是“有情”“无情”的隐语。

暮江吟

白居易[①]

一道残阳铺水中,半江瑟瑟半江红[②]。
可怜九月初三夜[③],露似真珠月似弓[④]。

注释：

①白居易(772—846)，字乐天，号香山居士，祖籍太原(今属山西)，后迁居下邽(今陕西渭南北)，生于郑州新郑(今属河南)，是唐代著名的现实主义诗人。在文学上，白居易与元稹同为新乐府运动的中坚，主张“文章合为时而著，歌诗合为事而作”，起“救济人病，裨补时阙”的作用。白诗的风格以通俗平易、对比鲜明、叙事与议论相结合为特征。

②瑟瑟：宝石名，碧绿色。

③可怜：可爱。

④真珠：珍珠。

大林寺桃花[①]

白居易

人间四月芳菲尽，山寺桃花始盛开[②]。
长恨春归无觅处[③]，不知转入此中来[④]。

注释：

①这是白居易在江州作司马时和朋友漫游庐山大林寺时写下的一首七绝诗，平白如话，浅显易懂。这正是白诗出奇制胜的地方。大林寺：我国佛教圣地之一，在今庐山大林峰，相传为晋代僧人所建。

②芳菲：盛开的花，这里泛指花。始：才，刚刚。这两句说：农历四月，百花凋零已尽，高山古寺中的桃花刚刚盛开。

③长:同“常”。

④转:反。此:指大林寺。

赋得古原草送别[①]

白居易

离离原上草[②],一岁一枯荣[③]。
野火烧不尽,春风吹又生。
远芳侵古道[④],晴翠接荒城[⑤]。
又送王孙去[⑥],萋萋满别情[⑦]。

注释:

①这是白居易十六岁时写的一首诗。作者应举初进京,拿着诗拜见当时的名士顾况。顾况说:“米价方贵,居亦弗(不)易!”可是当他翻开诗集,读到“野火烧不尽,春风吹又生”等句时,就赞赏说,能写出这样的好诗句,“居即易矣!”

赋得:指借用古人的成句命题立意的诗。后来被看作一种诗体,即景吟咏的诗往往冠以“赋得”两字。

②离离:野草繁茂的样子。

③枯:枯槁、枯萎。荣:旺长、繁盛。

④远芳:草香远播。古道:古老的道路。这句说:芳香的春草四处蔓延,把古老的道路都掩盖了。

⑤晴翠:指春草翠绿得像刚被雨水洗过一样。

⑥王孙:本指贵族子弟,这里是对北上友人的客气话。

⑦萋萋:青草茂盛的样子。

钱塘湖春行[1]

白居易

孤山寺北贾亭西[2],水面初平云脚低[3]。
几处早莺争暖树[4],谁家新燕啄春泥。
乱花渐欲迷人眼[5],浅草才能没马蹄。
最爱湖东行不足[6],绿杨阴里白沙堤[7]。

注释:

①钱塘湖:今浙江省杭州西湖。

②孤山寺:位于西湖中里湖与外湖之间的孤山上,是南朝陈天嘉年间(560—566)所建。贾亭:一名贾公亭,唐德宗贞元年间,贾全为杭州刺史时所建。

③云脚:贴近地面的云。

④暖树:背风向阳的树。

⑤迷人眼:使人眼花缭乱,应接不暇。

⑥行不足:游不够。

⑦白沙堤:白堤,一名断桥堤。

山　行

杜　牧[1]

远上寒山石径斜,白云生处有人家。
停车坐爱枫林晚[2],霜叶红于二月花。

注释:

①杜牧(803—853),字牧之,京兆万年(今陕西西安)人。晚唐时藩镇割据,宦官专权,土地兼并,各种矛盾都很尖锐。杜牧有着辅国安民的壮志,但当时政治昏暗,使他不能施展抱负。杜牧是一个有多方面成就的作家,诗歌、古文、填词、书法兼擅,他的诗歌表现了忧国忧民的思想。

②坐:因为。

泊 秦 淮①

杜 牧

烟笼寒水月笼沙②,夜泊秦淮近酒家。
商女不知亡国恨③,隔江犹唱《后庭花》④。

注释:

①此诗抚景感事,有亡国之忧。秦淮:秦淮河,长江下游支流,穿过金陵(今江苏南京市)而入长江。时秦淮河两岸酒家林立,纸醉金迷,为寻欢作乐之所。

②烟:云雾。笼:笼罩。沙:水旁之地,这里指秦淮河的两岸。

③商女:指在商人船上的扬州歌女。

④《后庭花》:《玉树后庭花》,是南朝皇帝陈后主(叔宝)所作乐府新曲。陈后主耽于声色,寻欢作乐,终致亡国。后人以此曲为亡国之音。

无 题

李商隐[①]

相见时难别亦难，东风无力百花残。
春蚕到死丝方尽[②]，蜡炬成灰泪始干[③]。
晓镜但愁云鬓改[④]，夜吟应觉月光寒[⑤]。
蓬山此去无多路[⑥]，青鸟殷勤为探看[⑦]。

注释：

①李商隐（约 813—约 858），字义山，号玉谿生，怀州河内（今河南沁阳）人，晚唐著名诗人。李商隐的诗歌，辞藻华丽，对仗工巧，想象丰富，能够创造出含意深远、朦胧婉曲的意境，开拓出诗歌的新境界，在中国诗歌史上树立了新的风格，形成了新的流派。他有一部分诗以“无题”命名。

②丝：与“思”谐音，这里以春蚕吐丝比喻爱情相思。

③泪：蜡烛点燃时流溢的脂油叫烛泪，这里以烛泪比喻眼泪。

④晓镜：清晨照镜子。镜，作动词用。云鬓：形容年轻女子的鬓发像乌云一样丰盛、松软。改：变，指增添白发。

⑤夜吟：深夜吟咏诗句。

⑥蓬山：神话传说中的海上三神山之一，是仙人居住的地方，这里指女子的住处。

⑦青鸟：西王母的神兽。据《汉武故事》记载，西王母见汉武帝时，先有青鸟殿前报信，后人便把“青鸟”作为通信息的使

者。

嫦　　娥[1]

李商隐

云母屏风烛影深[2],长河渐落晓星沉[3]。
嫦娥应悔偷灵药,碧海青天夜夜心。

注释:

①这首七绝诗取第三句的前两个字为题,表面咏嫦娥,细品全诗,却别有寄托。诗人把自己的意中人比作嫦娥仙子,悬想对方的心理:他所思念的人,虽然离开人间登上了仙境,也会在碧海青天之中,夜夜因相思而哀愁。嫦娥:月中仙子,传说为后羿之妻。《淮南子·览冥训》:"羿请不死之药于西王母,姮娥窃以奔月。"姮娥即嫦娥。

②云母:片状矿物质,有珍珠光泽,镶嵌于屏风、门扇作装饰品。

③长河:银河。

山中寡妇

杜荀鹤[1]

夫因兵死守蓬茅[2],麻苎衣衫鬓发焦[3]。
桑柘废来犹纳税[4],田园荒尽尚征苗[5]。
时挑野菜和根煮,旋斫生柴带叶烧[6]。

任是深山更深处⑦,也应无计避征徭⑧。

注释:

①杜荀鹤(846—904),字彦之,号九华山人,池州石埭(今安徽省石台)人。杜荀鹤继承了白居易的文学主张,主张诗歌要为政治服务,为拯时济世服务,反对无病呻吟。

这首七律诗通过对山中寡妇贫穷生活的描绘,生动地反映了晚唐时期军阀混战所造成的田园荒芜、民生凋敝景象,对统治阶级的残酷剥削进行了控诉,对劳动人民的命运表示了深切同情,比较全面地反映了唐末动乱的社会现实和人民的苦难。

②蓬茅:茅草,这里指茅草屋。

③麻苎:苎麻,这里指苎麻布。焦:黄。

④柘:亦名"黄桑",灌木或小乔木,叶可养蚕。废:荒。税:指丝税。

⑤征苗:征收青苗钱。

⑥斫:砍。生柴:青树枝。

⑦任是:尽管是。

⑧也应:也该。征徭:赋税和徭役。

词

概述

在近体诗繁荣发展的同时,中华大地上又绽开了一朵新的诗苑奇葩——词。

词又叫"长短句""曲子词",也称"诗余""琴趣""近体乐府"等,由当时流行的民间歌谣和输入内地的西域歌舞曲辞演化而成。这种诗体,孕育于南北朝,产生并兴盛于隋、唐、五代,两宋是它的全盛时期。

早期的词,原本同音乐紧密结合在一起,多为人民大众的自发创作,专供合乐演唱。以敦煌曲子词为代表的此类作品,语言生动形象,风格淳朴清新,内容丰富多彩,且诗体形式具有一种独特的参差美,故深受文人、乐工和歌伎青睐,纷纷起而模仿、效法,并吸收近体诗歌之长将其不断完善、创新,使之逐渐定型,并同音乐分离开来,发展成了一种具有独立艺术价值的格律体长短句诗歌形式。

词的繁荣发展,把我国的传统诗歌艺术推向了又一个高峰。仅唐、五代至宋、元,就涌现出可考的词家 1700 余人,词作 21000 余首。其中众多大家留下的名篇佳唱,如李白的

《忆秦娥》、张志和的《渔歌子》、白居易的《忆江南》、温庭筠的《菩萨蛮》、李煜的《虞美人》、范仲淹的《渔家傲》、柳永的《雨霖铃》以及苏轼的《水调歌头》《念奴娇》,李清照的《声声慢》《如梦令》,陆游的《卜算子·咏梅》《诉衷情》,辛弃疾的《永遇乐》《西江月》等,或豪放或婉约,或激昂或深沉,达到了极高的艺术境界。这些作品,读之不仅令人赏心悦目,经久不忘,也使此种诗歌形式名扬四海,光彩永驻,至今仍为国内外诗家、读者所赞誉,所钟爱。

词虽像绝句、律诗那样既讲究平仄、用韵、对仗,又注重语言运用、意境创造,但突破了近体诗律有关声、韵、对仗、粘对的固定模式,以及句数、句式限制,形成了一套新的规则,即词律。简言之即按调依谱填写;篇幅长短不一;句式参差有致;平仄自成体系;用韵灵活多样;对仗不拘常规。

(一)按调依谱填写

词的撰写叫作"填词"。填写时,每首词都需选定一个词调(即词牌),并遵从该词调的谱式,即要根据所用词调名(即词牌,如《忆江南》《蝶恋花》《西江月》等)的词谱(即该词调的体式、句数、句式、韵脚和平仄、对仗等格式),依谱填上适宜的字词语句,构成一首表达一定主题思想的诗歌作品。试看如下词例(词题的左侧为其词调名,平声韵、仄声韵分别用"△""▲"标注)。

例一　　**忆　江　南**

白居易

— ⊖ |,　　江南好,

① | | — —△，　　风景旧曾谙。
① | ⊖ — — | |，　日出江花红胜火，
⊖ — ① | | — —△。　春来江水绿如蓝。
① | | — —△。　　能不忆江南？

（单调，平韵格，五句廿七字，三平韵，一联对仗。）

例二　　**卜算子·咏梅**

陆　游

① | | — —，　　驿外断桥边，
① | — — |▲。　　寂寞开无主。

① | — — | | —，　已是黄昏独自愁，
① | — — |▲。　　更著风和雨，

① | | — —，　　无意苦争春，
① | — — |▲。　　一任群芳妒。
① | — — | | —，　零落成泥碾作尘，
① | — — |▲。　　只有香如故。

（双调，仄韵格，八句四十四字，四仄韵。词调名后的“咏梅”是这首词的题目，以下同。）

唐宋时期创立的词调数量极丰，收入《词律》中的计有660调，1180余种谱式；收入《钦定词谱》中的计有826调，2306种谱式。其中，以收入1978年龙榆生编撰的《唐宋词格律》一书之中的五类韵格，计153种词调较为多用。

(二)篇幅长短不一

词的篇幅,既不像绝句、律诗那样句数、字数千篇一律,也不像古体诗那样或长或短可随意为之,而是因词调的不同而各不相等,并且字句均有定数。就《唐宋词格律》所举的153种词调而言,篇幅最小的《十六字令》仅4句,16字,而最长的《莺啼序》却长达56句,240字。其余的句数、字数也都各异。如《如梦令》7句,33字;《忆秦娥》10句,46字;《一剪梅》12句,60字;《满江红》22句,93字;《念奴娇》则为22句,100字;等等。

词调按音乐节奏分,计有令、引、近、慢四种体制;若以篇幅长短论,则可分作小令(58字以内)、中调(59—90字)、长调(91字以上)三种类型。此外,还按分片(即分段)情况,分其为单调——整阕(即"首")词只有一片(如《忆江南》)、双调——由上下两片组成(如《西江月》)、三叠——包括三片(如《兰陵王》)、四叠——包括四片(如《莺啼序》)四种。历代词均以中调居多,小令次之,三叠、四叠较为少见。

(三)句式参差有致

词的句式,从一字一句到十一字一句的都有。各词调大都长句短句交错出现,参差有致。这在以句式规整为特征的古、近体诗风行的当时,确实别具特色。当然,各句或长或短都有一定规矩,填写时必须依照词谱行事,不得随意更改。试看以下词例:

例三

十六字令

蔡　伸

天！
休使圆蟾照客眠。
人何在？
桂影自婵娟。

例四

如　梦　令

李清照

昨夜雨疏风骤，
浓睡不消残酒。
试问卷帘人，
却道海棠依旧。
知否？
知否？
应是绿肥红瘦。

例五

调　笑　令

戴叔伦

边草，边草，
边草尽来兵老。
山南山北雪晴，
千里万里月明。
明月，

明月，
胡笳一声愁绝。

例六

西　江　月

辛弃疾

明月别枝惊鹊，
清风半夜鸣蝉。
稻花香里说丰年，
听取蛙声一片。

七八个星天外，
两三点雨山前。
旧时茅店社林边，
路转溪头忽见。

例七

相　见　欢

李　煜

无言独上西楼，
月如钩，
寂寞梧桐深院锁清秋。
剪不断，
理还乱，
是离愁，
别是一般滋味在心头。

词在句法方面还有些特定的格式，即一字逗（如文天祥《沁园春》）、二字领（见例四李清照《如梦令》）、三字领（如柳永《雨霖铃》），以及叠句（如辛弃疾《丑奴儿》，又名《采桑子》）、颠倒叠用（如戴叔伦《调笑令》）等，填写时应予以注意。

（四）平仄自成体系

为使作品声律变换和谐动听，且同词调音乐的声腔走势协调一致，词和近体诗一样讲究遣词造句的平仄调度，但又不像绝句、律诗那样仅有四种基本平仄格式。它的每个词调各有一种以上平仄谱（如《临江仙》《南歌子》）。此外词不苛求粘对，双句、结句也不限于平声收尾。

（五）用韵灵活多样

词所用的韵，是由分得过细的106部“平水”韵，按“韵母相近互押”的原则归并而成的19部词韵《词林正韵》（清代戈载归纳、编纂而成）。大大放宽了的词韵，还冲破近体诗只用平声韵和整篇一韵到底的限制，拓展为既可押平韵（如例一、例三）又可押仄韵（如例二、例四），也可平仄韵通押（如例六）、平仄韵错押（即穿插使用，如例七）等多种韵格（见龙榆生《唐宋词格律》）。

（六）对仗不拘常理

词不受律诗对仗限制，填写时某个词调用否对仗、何处使用、用几联，词谱上皆无严格规定，需借鉴前人词例自行忖度。一般来说，大凡三言至七言的句子，只要上下两句字数相等并适宜成联，就可使用，但也可不用。再者，词的对偶句不一定像正格（平韵格）近体诗那样“出句尾字必仄，对句尾字必平”，以及“同字不能相对”，必要时同字也可相对，如白居易的《忆江南》，蒋捷的《一剪梅》。

唐宋词虽然涌现有张、刘、李、白、范、柳、苏、秦、李、陆、辛、姜等著名的婉约派、豪放派大家，以及大量思想、意境、艺术技巧都可与古、近体诗媲美的长短句佳作，但因时代的局限，也确有不少作品——以温庭筠、周邦彦、韦庄等为代表的晚唐至南宋时期的一些文人词，在反映社会生活的广度、深度，以及思想情调、艺术趣味、语言风格等方面较为逊色。学习借鉴时应注意取其精华，去其糟粕。

代表作品

望 江 南[1]

无名氏

(敦煌曲子词[2])

天上月,
遥望似一团银。
夜久更阑风渐紧[3],
为奴吹散月边云。
照见负心人。

注释:

①这是敦煌曲子词中的一首著名词,系唐五代时期的作品。

②清代光绪二十五年(1899 年),在甘肃敦煌莫高窟石室里,发现了大量唐代、五代人手写的卷子。其中有词,当时称为曲子词。

敦煌曲子词绝大部分是民间作品,它们题材比较多样,所反映的内容极其丰富:有戍边将士忠贞卫国的壮语,有闺中妇女思念征夫的悲叹,也有关于男女恋情和妓女悲惨遭遇的描述等。这些词,形象地展示了当时社会的许多生活现实,所运用的语言朴素、率直而又生动,很多是民间口语,在格律上具有民间词的一些特点,主要在于合乐能唱,所用字句声韵也比较自由。

③更阑：更残，即深夜。更，计时单位，一夜分为五更。阑，残。

菩　萨　蛮

无名氏

（敦煌曲子词）

枕前发尽千般愿：
要休且待青山烂[①]，
水面上秤锤浮[②]，
直待黄河彻底枯。

白日参辰现[③]，
北斗回南面，
休即未能休，
且待三更见日头[④]。

注释：

①休：休弃，割断恩爱。

②秤锤：一般用铁制成，很沉重

③参辰：两颗星的名字。参星在西方，辰星（即商星）在东方，参、辰在晚间不能并见，白天更看不到。

④最后两句承上面五件不可能实现之事而来，意思是说，即使“青山烂”“秤锤浮”“黄河枯”“白日见星”“北斗移南”，我还是不肯休，要休除非半夜见太阳，才有可能。实际上还是决

不肯休。即:同“则”。

摊破浣溪沙

无名氏

(敦煌曲子词)

五两竿头风欲平①,
长风举棹觉船轻②。
柔橹不施停却棹③,
是船行。

满眼风波多闪灼④,
看山恰似走来迎。
子细看山山不动,
是船行。

注释:

①五两:古代的一种候风器,是用五两或八两鸡毛系在竿顶,观测风力、风向的变化,常用于舟船上和军营中。五两,原作“五里”,当是“五量”的形误。古时“两”“量”二字通用。风:这里指逆风。

②棹:船上的桨。

③施:使用。却:助词。这句说:橹浆都不用而船仍在开行。

④闪灼:形容水光闪动。

菩萨蛮

李　白[①]

平林漠漠烟如织[②]，
寒山一带伤心碧[③]。
暝色入高楼[④]，
有人楼上愁。

玉阶空伫立[⑤]，
宿鸟归飞急。
何处是归程？
长亭更短亭[⑥]。

注释：

①李白是唐代浪漫主义诗人，他对乐府民歌多有学习，对当时流行的曲子词亦有制作，流传至今的有《菩萨蛮》和《忆秦娥》。

②漠漠：形容雾气纷漫的样子。谢朓《游东田》诗："远树暖阡阡，生烟纷漠漠。"

③这句说：远处的寒山呈现出使人凄然神伤的碧色。

④暝色：暮色。

⑤玉阶：白石砌成的台阶。

⑥长亭、短亭：大道上行人休息停留的地方，为官家所设置。亭，停也。庾信《哀江南赋》："十里五里，长亭短亭。"即十

③溽暑：盛夏湿热天气。

④侵晓：大清早。

⑤吴门：古代吴国（包括浙江北部）建都于吴（今江苏苏州）。吴门为其别名。

⑥长安：今陕西省西安市，汉朝和唐朝时候做过京城，这里借指汴京。

⑦芙蓉浦：开满荷花的河港。芙蓉，指荷花。

如梦令

李清照[1]

常记溪亭日暮[2]，
沉醉不知归路。
兴尽晚回舟，
误入藕花深处[3]。
争渡[4]，
争渡，
惊起一滩鸥鹭。

注释：

①李清照（1084—约1151），自号易安居士，齐州章丘（今属山东省）人。宋代杰出女词人。她的词前期多写离愁别恨，自然景物；后期（南渡以后）多表现自己在国破家亡、颠沛流离生活历程中的内心感受，具有一定的社会意义。她的一些诗文亦反映了当时的社会现实。

②常：通“尝”，曾经。溪亭：水滨的亭阁。

③藕花：莲花。

④争渡：犹言“怎渡”。争，通“怎”，怎么。

一剪梅

李清照

红藕香残玉簟秋[①]。
轻解罗裳，
独上兰舟。
云中谁寄锦书来[②]？
雁字回时[③]，
月满西楼。

花自飘零水自流。
一种相思，
两处闲愁。
此情无计可消除，
才下眉头，
却上心头。

注释：

①玉簟：光滑如玉的席子。

②锦书：锦字回文书，情书。

③雁字：大雁成群飞的时候行列整齐，有时像“一”字，有时

像“人”字。古代传说,大雁会捎带书信,所以作者看到它就想起爱人的书信。

醉花阴

李清照

薄雾浓云愁永昼[1]。
瑞脑消金兽[2]。
佳节又重阳[3],
玉枕纱厨[4],
半夜凉初透。

东篱把酒黄昏后[5]。
有暗香盈袖[6]。
莫道不消魂,
帘卷西风,
人比黄花瘦。

注释:

①薄雾浓云:况周颐云:“中山王《本木赋》有‘奔电屯云,薄雾浓云’句,易安《醉花阴》首句用此。”(《蕙风词话》)。永昼:整天。

②金兽:刻着兽形的铜香炉。

③重阳:节令名。九为阳数,九九曰重阳。每年九月九日为重阳节。

④纱厨：纱帐，在厂房木架子上罩上纱罗，睡在里面可以避免蚊子和苍蝇。

⑤东篱：指的是种菊花的园地。陶渊明《饮酒》诗曰："采菊东篱下，悠然见南山。"

⑥暗香：指的是菊花的幽香。林浦《山园小梅》曰："疏影横斜水清浅，暗香浮动月黄昏。"这里承上句"东篱把酒"而来，指菊花。

声 声 慢

李清照

寻寻觅觅，
冷冷清清，
凄凄惨惨戚戚[①]。
乍暖还寒时候，
最难将息[②]。
三杯两盏淡酒，
怎敌他、晚来风急。
雁过也，
正伤心，
却是旧时相识[③]。

满地黄花堆积，
憔悴损，
如今有谁堪摘？

守着窗儿，
独自怎生得黑[4]？
梧桐更兼细雨，
到黄昏、点点滴滴。
这次第[5]，
怎一个愁字了得！

注释：

①戚戚：忧愁苦恼的样子。

②将息：调养休息。

③“雁过也”三句：正当伤心时，有雁儿飞过，原来是去年曾飞来过的旧相识。

④怎生得黑：怎样熬到天黑。生，语助词。

⑤次第：头绪。

满江红·写怀

岳　飞[1]

怒发冲冠[2]，
凭栏处、潇潇雨歇。
抬望眼、仰天长啸，
壮怀激烈。
三十功名尘与土[3]，
八千里路云和月[4]。
莫等闲、白了少年头，

空悲切。

靖康耻[5]，
犹未雪。
臣子恨，
何时灭。
驾长车、踏破贺兰山缺[6]。
壮志饥餐胡虏肉[7]，
笑谈渴饮匈奴血。
待从头、收拾旧山河，
朝天阙[8]。

注释：

①岳飞(1103—1142)，字鹏举，相州汤阴(今属河南省)人。抗金四大名将之一，因力主北伐、反对议和而被秦桧所害。这是一首气壮山河、振奋人心的壮词，一首充满爱国豪情的战歌。

②怒发冲冠：头发因愤怒而竖起，把帽子顶了起来。

③“三十功名”句：三十岁了，功名和事业还是没有成就。尘与土：轻微、不足道的意思。

④八千里路：遥远的路程。这句说：自己披星戴月，转战南北，跋涉数千里。

⑤靖康耻：北宋亡国的欺辱。靖康，宋钦宗赵桓的年号。靖康二年(1127年)，金兵攻陷汴京，徽、钦二宗被掳走，北宋王朝终结。

⑥贺兰山：在今宁夏回族自治区和内蒙古自治区之间，那

时是金国的占领地。缺:缺口。这句说:要驾着战车冲锋陷阵,摧毁敌人的险阻,狠狠地给敌人以打击。

⑦胡虏:对外族侵略者表示痛恨的称呼。这里指的是金人。胡,古代汉族人对北方民族的通称。匈奴:古代北方的一个民族。这里指的是金国。

⑧朝天阙:朝见皇帝。天阙,皇帝的宫殿。这两句说:要在收复失地之后,到朝廷上去告捷。

钗 头 凤

陆 游①

红酥手②,
黄縢酒③,
满城春色宫墙柳④。
东风恶,
欢情薄⑤。
一怀愁绪⑥,
几年离索⑦。
错!错!错!

春如旧,
人空瘦⑧,
泪痕红浥鲛绡透⑨。
桃花落,
闲池阁⑩,

山盟虽在[11]，
锦书难托[12]。
莫！莫！莫[13]！

注释：

①陆游(1125—1210)，字务观，号放翁，越州山阴(今浙江绍兴市)人。陆游从小受到爱国教育，少年时期就树立了抗金救国的坚定思想，然而恢复中原的愿望始终未能实现，最终怀着“死前恨不见中原”的民族悲愤与世长辞。他是我国历史上伟大的爱国主义诗人之一，诗作近万首；词作不多，现存一百三十多首。词的风格多样，既有充满爱国思想感情的豪放之作，又有婉丽飘逸、感情深沉的佳品。

②红酥手：红润的手。

③黄縢酒：黄封酒，宋代官家酿的一种酒。

④宫墙柳：南宋以山阴为陪都，故有宫墙之说。这里指沈园内一片嫩绿的柳树。

⑤欢情：美满的爱情生活。这两句说：东风无情，把美满的婚姻吹散了。这里以东风无情比自己的母亲。

⑥一怀：满怀。

⑦离索：离别后的孤单生活。

⑧人空瘦：白白地相思使人变得清瘦了。

⑨浥：沾湿。鲛绡：古代神话中鲛人所织的丝绢，后指丝绸的手帕。这句说：和着胭脂的泪水把手帕都湿透了。

⑩“桃花落”两句：鲜艳的桃花败落了，美丽的沈园里一片荒凉、冷落的景象。

⑪山盟：永久相爱的誓言。

⑫锦书：锦字回文书，这里指情书。难托：难以寄托。

⑬莫：罢了。表示无可奈何的感叹。

诉衷情

陆　游

当年万里觅封侯[①]，
匹马戍梁州[②]。
关河梦断何处[③]？
尘暗旧貂裘[④]。

胡未灭，
鬓先秋[⑤]，
泪空流。
此生谁料，
心在天山[⑥]，
身老沧洲[⑦]。

注释：

①觅封侯：寻求建立功业、取得封侯的机会。侯，古代贵族里面等级很高的爵位。东汉班超曾说："大丈夫当立功异域，以取封侯。"觅，寻求。

②戍：防守。梁州：古地名，在今陕西省汉中市一带。

③关河：关口与河防，这里指汉中前线险要的地方。梦断：

梦醒了。

④尘暗:积满了灰尘。旧貂裘:貂皮做的军服。这句说:在军队里穿的皮衣,多年不用,也陈旧了。

⑤鬓先秋:额头边的鬓发早已像秋天的霜一样白了。

⑥天山:在今新疆维吾尔自治区北部,是汉朝、唐朝时候西北的边疆。这里比喻南宋与金对峙的西北前线。

⑦沧洲:水边的地方,陆游晚年住在绍兴南面的镜湖边。

菩萨蛮·书江西造口壁

辛弃疾[①]

郁孤台下清江水[②],
中间多少行人泪[③]。
西北望长安,
可怜无数山[④]。

青山遮不住,
毕竟东流去。
江晚正愁余[⑤],
山深闻鹧鸪[⑥]。

注释:

①辛弃疾(1140—1207),字幼安,自号稼轩居士,南宋历城(今山东济南)人。在词坛上,辛弃疾与苏轼并称,词风都以豪放见长。他在中原沦丧、人民水深火热之时,毅然树起抗金义

旗,南归以后也时刻不忘恢复中原。辛词的主要内容是感慨国事、指斥奸邪、自伤身世和怀念陷区人民,充分显示出他是一位杰出的爱国词人。辛弃疾还填了不少描写农村生活的词,多使用白描手法,格调质朴清新。

辛词的艺术特点主要表现在语言的运用上。首先,他善于熔铸古人的语言,用经史语言入词,巧妙地运用史事和典故借古喻今。其次,注意使用人民的口头语言,如道家常而又含意深长。辛词另一艺术特点是善于运用比拟的手法借物抒情,表达富于现实意义的思想内容。现存辛词共六百多首。

②郁孤台:在今江西赣州市西南,赣江经此向北流去。清江:赣江与袁江合流处旧称清江,此处指赣江。

③行人:指那些受到金兵折磨、逃难的人。

④长安:汉朝、唐朝的京城。这里借指北宋的汴京。这两句说:在台上遥望,由于被群山遮蔽而看不见汴京。

⑤愁余:使我愁苦。余,一作“予”。

⑥鹧鸪:鸟名。它的叫声像是在说:“行不得也哥哥。”这两句说:我在江边正感到愁苦的时候,深山里又传来鹧鸪“行不得也”的叫声。

青玉案·元夕①

辛弃疾

东风夜放花千树②,
更吹落星如雨③。
宝马雕车香满路。

凤箫声动[4],
玉壶光转[5],
一夜鱼龙舞[6]。

蛾儿雪柳黄金缕[7],
笑语盈盈暗香去[8]。
众里寻他千百度,
蓦然回首[9],
那人却在、灯火阑珊处[10]。

注释:

①元夕:农历正月十五日为上元,上元的晚上称元夕、元宵或元夜,也即是灯节。

②花千树:形容灯多,以花比灯。

③如雨:形容多,又形容闪动。

④凤箫:箫的美称。

⑤玉壶:指的是月亮。

⑥鱼龙:指的是鱼灯、龙灯。这句是说:鱼灯、龙灯各种戏耍,玩弄了个通宵。

⑦蛾儿:就是闹蛾儿。雪柳:用白纸捻的柳条儿。黄金缕:古人用来形容鹅黄色的柳丝,这里指的大概是用金纸捻的柳条儿。(这些都是当时妇女元宵节插戴的装饰品。)

⑧暗香:本指梅花,这里借喻美人。

⑨蓦然:忽然。

⑩阑珊:稀落。

西江月·夜行黄沙道中

辛弃疾

明月别枝惊鹊[①]，
清风半夜鸣蝉。
稻花香里说丰年，
听取蛙声一片[②]。

七八个星天外，
两三点雨山前。
旧时茅店社林[③]边，
路转溪桥忽见[④]。

注释：

①别枝：斜出的树枝。这句是说：月光刺激着枝头上的鹊儿惊飞不定。

②“稻花”二句：飘着稻花清香的水田里，一片热闹的蛙声，像是在诉丰收的年景。听取：听到。

③社林：围绕着土地庙的丛林。

④“旧时”二句：走过小溪的桥，拐个弯儿，树林边那家熟悉的茅店，一下子就出现在眼前了。

破阵子·为陈同甫赋壮词以寄之

辛弃疾

醉里挑灯看剑①，
梦回吹角连营②。
八百里分麾下炙③，
五十弦翻塞外声④。
沙场秋点兵⑤。

马作的卢飞快⑥，
弓如霹雳弦惊⑦。
了却君王天下事⑧，
赢得生前身后名⑨。
可怜白发生。

注释：

①挑灯：挑亮油灯。

②角：号角。这句说：从醉梦中醒来，只听得各个营房里接连不断地响起了号角声。

③八百里：指的是军队驻扎的范围。麾下：部下。炙，烤熟的肉。这句说：八百里广阔的范围内，所有的官兵都分到烤肉的犒劳。

④五十弦：泛指军中的乐器。翻：演奏。塞外声：边地雄壮的音乐。

⑤点兵：检阅军队。

⑥的卢：性子猛烈的快马。相传刘备在樊城曾乘的卢“一踊三丈”，跃过檀溪，脱离险境，免遭刘表暗害。

⑦霹雳：响亮的雷声。这句说：箭射出去，弓弦震动，发出霹雳般的响声。

⑧天下事：指收复中原这件大事。

⑨赢得：得到。

谒金门·春半

朱淑真①

春已半，
触目此情无限②。
十二阑干闲倚遍，
愁来天不管③。

好是风和日暖。
输与莺莺燕燕④。
满院落花帘不卷，
断肠芳草远⑤。

注释：

①朱淑真，号幽栖居士，南宋钱塘（今浙江杭州）人，生卒年不详。据说她的丈夫是个庸俗的商人，结婚后的生活很痛苦，她写的诗词题作《断肠集》，可见作者的境遇和心情。她善绘

画，通音律，是宋代著名的女诗人，今存词二十余首。（龙榆生曰：存词三十一首）。

②此情无限：春愁无限。

③十二阑干：指十二曲的阑干。李商隐《碧城三首》之一："碧城十二曲阑干"。以上两句写她百无聊赖、心神不宁的心情。

④"好是"二句：在这大好的春光中，自己却不能像莺燕一样成双成对。输与：比不上、不知。

⑤"满园"二句：她思念离家远出的人心如刀绞，害怕看到残花飘零的景色。

鹧鸪天·元夕有所梦

姜　夔[①]

肥水东流无尽期[②]。
当初不合种相思[③]。
梦中未比丹青见[④]，
暗里忽惊山鸟啼[⑤]。

春未绿，
鬓先丝[⑥]。
人间别久不成悲[⑦]。
谁教岁岁红莲夜，
两处沉吟各自知[⑧]。

注释:

①姜夔(约1155—1209),字尧章,号白石道人,饶州鄱阳(今属江西省)人。姜夔少年时就以擅长诗词著称,且又精通音律,能自创新声;他还工于翰墨,精于赏鉴,许多文人学士都和他有往来。姜夔的著名词作如《扬州慢》《八归》《点绛唇》《鹧鸪天》《长亭怨慢》等,有的是抒写家国之恨,有的自抒襟抱,也有些是描绘恋情的,从各个角度体现出姜词独具的艺术特征。在南宋词坛,姜夔与辛弃疾、吴文英三足鼎立,是清空词派的代表作家。

②肥水:源出安徽合肥县西南紫蓬山的河,北流三十里分为二,一条东流经合肥入巢湖,一条西北流至寿州入淮水。

③种相思:种下相思之情。

④丹青:泛指画像。见:同"现",显现。这句说:梦中所见未必比画像真切。

⑤这句说:啼鸟把他从梦中惊醒了。

⑥春未绿:草未发芽。鬓先丝:鬓发已先白,指衰老。

⑦这句说:离别时间一长,内心反而逐渐麻木,倒感不到悲哀了。

⑧"谁教"二句:谁使两人在每年元宵节之夜各自默默沉思,在心头重温当年相恋的情景。红莲:指灯。

唐多令·惜别

吴文英①

何处合成愁,

离人心上秋[2]。
纵芭蕉、不雨也飕飕。
都道晚凉天气好，
有明月、
怕登楼。

年事梦中休。
花空烟水流[3]。
燕辞归、客尚淹留[4]。
垂柳不萦裙带住，
漫长是、
系行舟[5]。

注释：

①吴文英（约1212—约1272），字君特，号梦窗、觉翁。四明（今浙江宁波市鄞州区）人。吴文英词远承温庭筠，近师周邦彦，在辛弃疾、姜夔词之外自成一格。在艺术技巧方面有独创之处，主要缺陷是内容比较狭小，较少反映社会现实。

②心上秋：合起来成一“愁”字。这两句点明“愁”字来自惜别伤离，下面四句从秋凉月明怕登楼点出惜别题意。

③年事：往年的情事。这两句说：往事如梦，似花落水流。

④客，作者自称。淹留：停留。这句说：雁归人犹未归。

⑤萦：旋，绕。裙带：指别处的女子。这三句说：柳丝系不住她，却徒然把客船系住了。

满　江　红

王清惠[1]

太液芙蓉，
浑不似、旧时颜色[2]。
曾记得、春风雨露，
玉楼金阙[3]。
名播兰簪妃后里[4]，
晕潮莲脸君王侧[5]。
忽一声、鼙鼓揭天来，
繁华歇[6]。

龙虎散，
风云灭[7]。
千古恨，
凭谁说？
对山河百二，
泪盈襟血[8]。
客馆夜惊尘土梦，
宫车晓碾关山月[9]。
问嫦娥、于我肯从容，
同圆缺[10]。

注释：

①王清惠，生卒年不详，南宋度宗（1265—1274年在位）昭

仪(宫中长官名)。恭帝德祐二年(1276年),临安沦陷后被虏北上,到大都后,自请为女道士,号冲华。

②太液:汉武帝时宫苑池名。芙蓉:荷花。白居易《长恨歌》诗:"太液芙蓉未央柳,芙蓉如面柳如眉。"浑不似:全不似。这两句是以花比人,说自己本是宫中女官,容颜美丽,现在(亡国后)已面貌枯悴,完全失去了旧时的风姿。

③春风雨露:比喻君恩。玉楼金阙:泛指南宋宫殿。

④兰簪:本为女子插在髻上的首饰,这里借喻宫中后妃。这句说:自己在宫中美名四播。

⑤晕潮:形容脸上泛起羞红的光彩。莲脸:指面貌美如莲花。这句是指自己得到君王宠爱。

⑥鼙鼓:战鼓。这两句是指战鼓声响入云霄,敌兵攻陷临安,繁华顿时消歇。

⑦龙虎:比喻南宋的君臣。风云:形容国家的威势。《易经·乾》:"云从龙,风从虎。"这两句是指王朝覆亡。

⑧山河百二:指关中形势险要。据《史记·高祖本纪》,田肯谈到关中"河山之险",说"持戟百万,秦得百二焉",意思是亲兵两万可当诸侯兵百万,一说秦兵百万可当诸侯兵两百万。骆宾王《帝京篇》诗"秦塞重关一百二,汉家离宫三十六",则以"百二"为关塞的数目。这两句说:对着险固的山河要塞,痛惜它们沦入敌手。

⑨这句说:后妃们坐的车子清晨上路,车轮碾轧上被月光洒遍的大地。

⑩从容:舒缓不迫。这两句是希望不致受到胁迫侮辱,能够被容许到一清静之所安度余年。

一剪梅·舟过吴江

蒋　捷[①]

一片春愁待酒浇。
江上舟摇，
楼上帘招。
秋娘容与泰娘娇[②]。
风又飘飘，
雨又萧萧。

何日归家洗客袍？
银字笙调[③]。
心字香烧[②]。
流光容易把人抛，
红了樱桃，
绿了芭蕉[⑤]。

注释：

①蒋捷，字胜欲，号竹山，常州宜兴（今属江苏省）人，生卒年不详。宋亡后蒋捷所写的词，充满着沉痛的故国之思，特别是写兵乱以后国亡家破、人民到处流浪的苦况，思想意义较为深刻。另外他也有一些精妍秀逸的小词，用白描手法写景抒情，亦别具一格。

②秋娘容与泰娘娇：作者《行香子·舟宿间湾》词："过窈娘

堤，秋娘渡，泰娘桥。”作者借两处地名都取女人的名字，便用“容与”和“娇”二词，来形容这两处景物之美。容与，快乐。《庄子·人间世》：“以求容与其心。”秋娘容与泰娘娇，一作“秋娘渡与泰娘桥”。

③银字笙：镶饰有银字的笙。

④心字香：制成篆文“心”字形状的香。

⑤“流光”三句：岁月飞驰催人老去，如今初夏又到，归家还未有日期。

柳梢青·春感

刘辰翁[①]

铁马蒙毡[②]，
银花洒泪[③]，
春入愁城。
笛里番腔，
街头戏鼓[④]，
不是歌声。

那堪独坐青灯！
想故国、高台月明！
辇下风光[⑤]，
山中岁月，
海上心情[⑥]。

注释:

①刘辰翁(1232—1297),字会孟,号须溪,庐陵(今江西吉安)人。宋亡后,埋头著书。在南宋遗民中,他的词反映的爱国思想是比较强烈的。

②铁马:披甲的战马。这里指元军的骑兵。蒙毡:盖上毛毡保暖。

③“银花”句:元宵节点的花灯也好像在那里掉泪。

④戏鼓:打鼓唱戏。

⑤辇下:皇帝脚下。辇,天子所乘的车。

⑥海上:指的是南宋流亡朝廷退守的海南一带。这两句说:我在乡下过着无聊的生活,想念的是故国的风光,关怀的是抗敌斗争的事业。

沁园春·题潮阳张许二公庙

文天祥①

为子死孝,
为臣死忠,
死又何妨②。
自光岳气分,
士无全节;
君臣义缺,
谁负刚肠③。
骂贼睢阳,

爱君许远，
留得声名万古香[4]。
后来者[5]，
无二公之操，
百炼之钢。

人生翕歘云亡[6]。
好烈烈轰轰做一场。
使当时卖国，
甘心降虏，
受人唾骂，
安得留芳。
古庙幽沈，
仪容俨雅[7]，
枯木寒鸦几夕阳。
邮亭下，
有奸雄过此，
仔细思量[8]。

注释：

①文天祥（1236—1283），初名云孙，字宋瑞，一字履善，南宋末年庐陵（今江西吉安）人。文天祥的诗、文、词，主要反映的是他强烈的爱国思想和大节不亏的崇高品德，词作寥寥几首，却能给人以深刻的印象。

②文天祥主张以孔孟之道立身行事。这三句说：应该为

忠、孝而死。

③光岳气分:指国土分裂,即亡国。光岳,高大的山。君臣义缺:指君臣之间欠缺大义。刚肠:指坚贞的节操。这四句说:宋亡之后,士大夫多无操检,不顾臣为君死的大义。

④骂贼睢阳:指张巡,他与睢阳(今河南商丘)太守许远共守危城,城陷后两人先后被害。

⑤后来者,指宋朝的士大夫。

⑥翕欻:倏忽,如火光之一现。云亡:死去。

⑦古庙:张巡、许远双忠庙。仪容:指张许二人的塑像。

⑧邮亭:古代设在道路上供公家送文书及旅客歇宿的馆舍。这三句是对卖国投降的宋末奸臣的警告。

散曲

概述

散曲也叫“清音”“词余”，是继词之后出现的又一种长短句格律诗体。它兴起于词坛不大景气的金末元初（即南宋中期），盛行于元、明两代，同元杂剧合称“元曲”。

散曲有南、北两支。南曲清柔、细腻、委婉、缠绵，风格接近于词；北曲明快、泼辣、通俗、俏丽，同风格典雅柔美的词有较大区别。历史上所谓的“散曲”，主要指的是特色鲜明、成就较大的北曲。

散曲原本也是一种由民间“俗谣俚曲”演化而成的合乐歌辞，后融进入主中原的北方少数民族歌舞曲辞营养，发展成可同唐诗、宋词相提并论的元代诗歌主流，把我国的诗歌艺术推向了第三个高峰。其繁盛程度虽不及近体诗、词，但成就也很可观。据隋树森选编的《全元散曲》载，仅不足百年的元代就涌现了200余位知名的散曲作者，留下了4000多支（套）作品。关汉卿、王实甫、白朴、马致远、张养浩、郑光祖、张可久、乔吉、周德清等，是饮誉海内外的著名曲家。

散曲包括小令、套曲两部分。

（一）小令

小令又分作单阕令曲、摘翠、带过曲三种体式。

单阕令曲也叫“叶儿”，是散曲的最小单位，相当于一首单调令词和双调词的一半。每支单阕令曲都是一首独立的小诗，各有一个曲调（即曲牌）名，又各属于一定的宫调（即调式名称）。

1.曲调。曲和词一样，每一支令曲都有自己的曲调名。曲调也称“曲牌”。一个曲牌既表示这支曲的乐调，又表示这支曲的歌辞格式。散曲的曲调很多，清康熙敕撰的《曲谱》共列北曲五宫七调二百二十四调，李玉《北词广正谱》收四百四十七调，这还不是北曲的全部曲调。其他如《庆宣和》《风入松》《天净沙》《得胜令》等都是曲调名。散曲都是单调，不像词那样有双调（曲的“双调”名称和词的“双调”的含义不同）、三叠、四叠。

2.宫调。所有的曲调都归属一定的宫调，也就是说，曲调的创制必须根据一定的宫调来定声律。宫调并非创始于元代。中国古来就有宫、商、角、徵、羽、变宫、变徵七音，相当于西乐的1、2、3、4、5、6、7七个音符。宫调是由七音十二律构成的。隋唐至北宋原有宫、商、角、羽二十八调，到南宋时用七宫十二调。北曲由于吸收了新的乐调，使用的乐调共有六宫十一调，也就是有十七种不同的调式，即六宫（正宫、中吕宫、道宫、南吕宫、仙吕宫、黄钟宫）以及十一调（大石调、双调、小石调、歇指调、商调、越调、般涉调、高平调、宫调、角调、商角调）。不同的宫调有不同的“声情”，即情调、风格，如《黄钟宫》富贵缠绵，《正宫》惆怅雄壮，《小石调》旖旎妩媚，

《双调》健捷激袅等，不同宫调表达不同的感情。请看以下例曲（例曲标题的中间部分系曲调名，左侧为所属宫调名，右侧“·”后边是这支曲的题目）。

例一　［南吕］　**四块玉·闲适**

关汉卿

意马拴，心猿锁，
跳出红尘恶风波。
槐荫午梦谁惊破？
离了名利场，
钻入安乐窝，
闲快活！

例二　［正宫］　**端正好·长亭送别**

王实甫

碧云天，黄花地，
西风紧，北雁南飞。
晓来谁染霜林醉？
总是离人泪！

例三　［越调］　**天净沙·秋思**

马致远

枯藤老树昏鸦，
小桥流水人家，
古道西风瘦马。

夕阳西下，
断肠人在天涯。

例四　［双调］ **清江引·秋怀**

张可久

西风信来家万里，
问我归期未？
雁啼红叶天，
人醉黄花地，
芭蕉雨声秋梦里。

例五　［中吕］ **山坡羊·潼关怀古**

张养浩

峰峦如聚，
波涛如怒，
山河表里潼关路。
望西都，
意踌躇，
伤心秦汉经行处，
宫阙万间都做了土。
兴，
百姓苦！
亡，
百姓苦！

例六　　[正宫]　**醉太平·讥贪者**

无名氏

夺泥燕口，
削铁针头，
刮金佛面细搜求，
无中觅有。
鹌鹑嗉里寻豌豆，
鹭鸶腿上劈精肉，
蚊子腹内刳脂油。
亏老先生下手！

散曲小令本以一支为限，如果某一题材用一支单阕令曲难以表达，则可将其重复若干遍（两遍之间加“么”表示）；也可以原曲调为基础，再连带一支至两支同一宫调的其他曲调（各调之间隔开一行）。前者曰“摘翠”（如例七），后者曰“带过曲”（如例八）。

例七　　[正宫]　**鹦鹉曲·农夫渴雨**

冯子振

年年牛背扶犁住，
近日最懊恼杀农父。
稻苗肥恰待抽花，
渴煞青天雷雨。

[么]恨残霞不近人情，
截断玉虹南去。
望人间三天甘霖，
看一片闲云起处。

例八　　[双调]　**雁儿落带得胜令**

张养浩

云来山更佳，
云去山如画，
山因云晦明，
云共山高下。(以上《雁儿落》)

倚仗立云沙，
回首见山家，
野鹿眠山草，
山猿戏野花。
云霞，
我爱山无价，
看时行踏，
云山也爱咱。(以上《得胜令》)

(二)套曲

套曲也叫“套数”“散套”，又称“大令”，是由一支单阕令曲加上一支以上同宫调的其他曲调和一个尾声连缀而成的成套曲辞，用以表现较为丰富、复杂的生活题材。

套曲一般包括“正曲”(也叫“引子”,即开头的单阕令曲)、“过曲”(中间部分)、“煞尾”(尾声)三个部分。“过曲”的数目,因题材不同而可多可少。少的只有一支,如下例:

例九　［南吕］ **一枝花·咏喜雨**

张养浩

用尽我为民为国心,
祈下些值玉值金雨。
数年空盼望,
一旦遂沾濡。
唤省焦枯,
喜万象春如故,
恨流民尚在途。
留不住都弃业抛家,
当不的也离乡背土。

［梁州］恨不得把野草翻腾做菽粟,
澄河沙都变化做金珠。
直使千门万户家豪富,
我也不枉了受天禄。
眼觑着灾伤教我没是处,
只落的雪满头颅。

［尾声］青天多谢相扶助,
赤子从今罢叹吁。

山盟虽在⑪,
锦书难托⑫。
莫!莫!莫⑬!

太液芙蓉，
浑不似、旧时颜色[②]。
曾记得、春风雨露，
玉楼金阙[③]。
名播兰簪妃后里[④]，
晕潮莲脸君王侧[⑤]。
忽一声、鼙鼓揭天来，
繁华歇[⑥]。

只愿的三日霖霪不停住，
便下当街上似五湖都渰了九衢，
犹自洗不尽从前受过的苦。

多则两三个，如白朴的《[大石调]青杏子·咏雪》；再多的有五个、七个，如睢景臣的《[般涉调]哨遍·高祖还乡》；最多者可达十多个，甚至二三十个，如刘时中的《[正宫]端正好·上高监司》等。

散曲在艺术上同近体诗、词一脉相承，同词颇多相似之处。但又别具特色，主要的是：

1.善以方言俗语入曲，且注重从前代诗文中吸取艺术精华，所以大都语言质朴自然，鲜活泼辣，格调庄谐兼备，富有民间文学特色，形成了一种既不似诗之庄重敦厚，又别于词之典雅委婉的雅俗共赏的艺术风格。如前边所举一、二、五、六等例。

2.多用"赋"的修辞手法，叙事、写景、抒情、状物，往往直陈白描，写得"穷形尽相"，痛快淋漓。不像诗词那样多用"比""兴"，以求含蓄、隐秘。如二、三、六、七等例。

3.为了克服近体诗、词因囿于固定规格、谱式，而难免削足适履、以辞害意之弊，以使作品表情达意逼真尽兴，形象生动。散曲写作允许在曲谱标定的字数之外，酌加一定数量平仄不拘的衬字。请看关汉卿的《大德歌·冬景》(左侧为正格谱式，下方加波浪线者为衬字)：

例十　　［双调］　**大德歌·冬景**

关汉卿

①　⊖　，	雪粉华，
丨　—　—，	舞梨花，
⊖　①　—。	再不见烟村四五家。
丨　丨　—，	密洒堪图画，
丨　—　丨　丨　—。	看疏林噪晚鸦。
—　—　丨　丨　—　—，	黄芦掩映清江下，
⊖　丨　丨　—　—。	斜揽着钓鱼槎。

有时还可将句数作适当增减。如《双调·折桂令》曲谱定格为11句,而有的作品只有9句或10句;也有的增为12—17句。如卢挚的《田家》,刘庭信的《忆别》。

4.用韵宽中有严。元曲所用的乃是由106部"平水韵"归并而成的大大放宽了的曲韵——《中原音韵》(系周德清综合当时名家实际用韵情况编纂而成)。曲韵以没有入声字的北方语音为基础,韵分19部,每部分阴平、阳平、上、去四种声调。散曲用韵有如下特点:①不论平仄,只要是同部的韵字都可以通押(如一、二、三、十例);②用韵较密,大都句句押韵(如三、六、十例);③令曲、套曲均系一韵到底;④仄声韵用法更严,有的限用去声(如《山坡羊》的一、二、三、六句),有的限用上声(如《山坡羊》的七、九、十句)。此外,还可用重韵(如例五)、赘韵(非韵脚处用韵)、邻韵(相邻的韵互押),也允许失韵。

5.平仄对仗别具一格。散曲和词一样突破了近体诗平仄定格、定声，对仗定位、定联、定字数（限五言、七言）的固定格式；同诗、词不同的是：①某些仄声字位上声、去声不能通用——有的限用去声（如《天净沙》第三句倒数第二字），有的限用上声（如《天净沙》第三句最末一字）；②对仗只强调字面相对，既不苛求声调和谐，也不忌用字重复。此外还不限于两句为联，使用了不少连用三句互为对仗的"鼎足对"（见例三），以及字句相同的"重复对"（见例五）。

散曲虽在思想内容方面不及唐诗、宋词反映现实深刻全面，但就流传下来的作品而言，或咏史、叹事，或写景、言情，大都具有一定的认识意义。至于其在我国文学史上的地位和艺术上的成就，则更是不容忽视的。

代表作品

[中吕] 喜春来·春宴[①]

元好问[②]

梅残玉靥香犹在[③]，
柳破金梢眼未开[④]。
东风和气满楼台。
桃杏折[⑤]，
宜唱喜春来。

注释：

①中吕：宫调名。宫调略等于现代音乐中的调式，中吕宫就是以中吕为宫声的调式。喜春来：属于中吕宫的一个曲调的名称。句式是七、七、七、三、五，共五句五韵，首二句一般要对。春宴：这支小令的本名（以下作品均如此）。喜春来是散曲中常用的调子，格调和五七言诗中的七绝、词调中的《望江南》《捣练子》等相近，多用于写景抒怀的短篇。

②元好问（1190—1257），字裕之，号遗山，秀容（今山西忻州）人。他处在金王朝走向衰亡的时代，写下了许多现实主义诗篇，反映这一时代的民族矛盾，表现国破家亡的哀思，是金元之际最有成就的诗人之一。散曲现存小令九首。

③"梅残"句：写春天的残梅。玉靥：似玉的脸颊，这里指梅

花瓣。靥,脸上的酒窝。

④柳破金梢:写柳枝上的嫩芽。破,形容芽刚露头。金梢,嫩黄色树梢。

⑤桃杏折:折桃杏,指春三月桃杏开放。

［越调］ 小桃红·采莲女[①]

杨 果[②]

采莲人和采莲歌[③],
柳外兰舟过[④],
不管鸳鸯梦惊破[⑤]。
夜如何!
有人独上江楼卧。
伤心莫唱,
南朝旧曲[⑥],
司马泪痕多[⑦]。

注释:

①越调:宫调名,该调可表现欢笑,也可表现悲伤,较多样。小桃红:曲牌名。这个曲牌分属二宫,一在正宫,一在越调。句式是七五七、三七、四四五,共八句八韵。四四句一般要对。

②杨果(1195—1269),字正卿,号西庵,祁州蒲阴(今河北省安国市)人。他是元初较著名的曲家,散曲传世不多,风格偏于典雅。

③和:声音相应。

④兰舟:船的美称,指采莲船。

⑤鸳鸯:鸟名,雌雄偶居不离。这句说:那一片欢声笑语,全然不顾把静夜中的鸳鸯梦惊醒。

⑥南朝旧曲:指南朝陈后主的《玉树后庭花》,向来被视作亡国之音。

⑦司马:唐代的州官。唐代诗人白居易在《琵琶行》一诗中同情歌女,感伤自己,当时白居易被贬为江州司马。这里是化用《琵琶行》的诗句,作者自喻。

[双调] 潘妃曲·失题[1]

商 挺[2]

戴月披星耽惊怕[3],
久立纱窗下,
等候他。
蓦听得门外地皮儿踏[4]。
只道是冤家[5],
原来风动荼蘼架[6]。

注释:

①双调:宫调名,一般抒发捷健、激扬的感情。潘妃曲:曲牌名,属北曲。南曲中也有此曲牌,字句略有不同。末句须用去声收。

②商挺(1209—1288),字孟卿,一作梦卿,晚年自号左山老人,曹州济阴(今山东曹县)人。金亡时二十五岁,北走依赵天

锡,与诗人元好问交游。他善诗工曲,又工山水、隶书。今存小令十九首。

③戴月披星:指夜晚。

④蓦:突然。这句说:突然听见门外像是有人走动的声音。

⑤只道是:只以为。冤家:对所爱人的昵称。

⑥荼蘼:花名,一种木香,春末开白色、红色小花。

[南吕] 四块玉·别情[①]

关汉卿[②]

自送别,
心难舍,
一点相思几时绝[③]。
凭阑袖拂杨花雪[④]。
溪又斜,
山又遮,
人去也。

注释:

①南吕:宫调名。四块玉:曲牌名,属北曲,末句多用上声韵。

②关汉卿:晚号已斋叟,大都(今北京市)人。大约生于元太宗在位时(1229—1241),约卒于成宗大德年间(1297—1307)。在元代他不愿入仕,多接近下层民众,编曲写戏,甚至面敷粉墨亲自参加演出。他一生写了六十七个剧本,是元杂剧

的奠基人之一。散曲现存六十六首,其中小令共五十二首。他的散曲内容多是从歌女的角度倾诉爱情,或抒发离情别恨,也有的是自叙生平或描写自然景物。艺术风格自然活泼。

③绝:断绝。

④杨花雪:白色杨花飘落像下雪。

[中吕] 普天乐·张生赴选[①]

关汉卿

碧云天,
黄花地,
西风紧,
北雁南飞[②]。
恨相见难,
又早别离易。
久已后虽然成佳配[③],
奈时间怎不悲啼[④]!
我则厮守得一时半刻[④],
早松了金钏[⑤],
减了香肌。

注释:

①中吕:宫调名。普天乐:曲牌名。

②这四句十三字,和王实甫杂剧《西厢记》第四本第三折[正宫·端正好]一曲开始的十三字全同。“碧云天,黄花地”二

句采自北宋词人范仲淹的《苏幕遮》:“碧云天,黄叶地。”

③久已后:这以后,将来。佳配:美满的夫妻。

④时间:指眼前。这句说:无奈现在就要离别,怎不使人悲伤!

⑤则:只。厮守:相聚、伴守。

⑥钏:手镯。

[双调] 沉醉东风·失题[1]

关汉卿

咫尺的天南地北,
霎时间月缺花飞[2]。
手执着饯行杯,
眼阁着别离泪[3]。
刚道得声“保重将息[4]”,
痛煞煞教人舍不得[5],
“好去者望前程万里[6]。”

注释:

①双调:宫调名。沉醉东风:曲牌名。

②咫尺:形容距离很近。咫,周制八寸。月缺花飞:比喻分散。古人常以花好月圆比喻亲人团聚,反之比喻分散。这两句说:离别的人近在眼前,可一会儿就要远走天边。

③阁:同“搁”,停留,这里是含着(眼泪)的意思。

④将息:调养,休养。

⑤痛煞煞:很难过。煞煞,极度。

⑥好去者:好好地去吧。者,语气词,无义。

[南吕] 一枝花·杭州景[①]

关汉卿

普天下锦绣乡[②],
寰海内风流地[③]。
大元朝新附国[④],
亡宋家旧华夷[⑤]。
水秀山奇,
一到处堪游戏[⑥]。
这答儿忒富贵[⑦]:
满城中绣幕风帘,
一哄地人烟凑集[⑧]。

[梁州] 百十里街衢整齐,
万余家楼阁参差[⑨],
并无半答儿闲田地[⑩]。
松轩竹径[⑪],
药圃花蹊[⑫],
茶园稻陌[⑬],
竹坞梅溪[⑭]。
一陀儿一句诗题[⑮],
行一步扇面屏帏[⑯]。

西盐场便似一带琼瑶[17]，
吴山色千叠翡翠[18]。
兀良望钱塘江万顷玻璃[19]。
更有清溪、绿水，
画船儿来往闲游戏。
浙江亭紧相对[20]，
相对着险岭高峰长怪石，
堪羡堪题[21]。

［尾声］ 家家掩映渠流水[22]，
楼阁峥嵘出翠微[23]，
遥望西湖暮山势。
看了这壁，
觑了那壁，
纵有丹青下不得笔[24]。

注释：

①南吕：宫调名。一枝花：曲牌名，也叫占春魁，北曲较常用。梁州：曲牌名。元人往往用“一枝花”“梁州后”接“尾声”成套，是普通套式。

②锦绣乡：美好的地方。锦绣，原指精致华丽的丝绣品，常借用它形容山川。

③寰海内：指整个中国。寰，广大的地域。海内，四海之内，古代传说中国的四周有海环绕，故以海内称国内。风流地：风光美好的地方。

④新附国：元朝在至元十三年(1276年)攻下杭州。这篇套曲写于南宋灭亡后不久，所以称南方为“新附国”。

⑤宋家：南宋，因南宋曾以临安(今浙江省杭州市)为京城。旧华夷：过去是南宋的地方。宋元时称国家的疆域为华夷。这两句说：刚刚归附元朝的杭州，曾经是南宋朝廷的温柔乡。

⑥一到处：所到之处，处处。

⑦这答儿：这块儿。忒：太。

⑧一哄地：形容人声嘈杂。人烟凑集：人口密集。

⑨参差：高低不齐。

⑩半答儿：半块。

⑪轩：有窗的廊。

⑫药圃：种芍药的园子。花蹊：花径。

⑬稻陌：稻田间的小路。

⑭竹坞：用竹篱笆围起来的地方。

⑮一陀儿：一块儿。

⑯扇面屏帏：指画有扇面的屏风。这两句说：到处都有诗情画意。

⑰西盐场：杭州西边繁盛市区的地名。琼瑶：美玉。

⑱吴山：杭州附近山名，又名胥山、庙巷山。翡翠：翠绿色的美玉。

⑲兀良：也作兀剌，衬字或话搭头，起指点辞的作用，也可调节排句的呆板。钱塘江：富春江下游一段的别称，流经杭州城南。万顷：极言开阔。这句说：钱塘江水波荡漾，如同玻璃一样。

⑳浙江亭：杭州城外的一个亭子。《乾道临安志》：“浙江亭

在钱塘旧治南，到其一十五里。"宋元时是观潮胜地。

㉑堪：可。这两句说：面对着这些险峰异石，令人羡慕，又令人想为它挥笔题诗。

㉒掩映：互相遮盖、映衬。

㉓翠微：青碧的山色。这句说：楼阁高峻矗立在青色的山上。

㉔丹青：绘画的颜料，这里借指画家。

［中吕］ 十二月过尧民歌·别情①

王实甫

自别后遥山隐隐②，
更那堪远水粼粼③。
见杨柳飞绵滚滚④，
对桃花醉脸醺醺⑤。
透内阁香风阵阵，
掩重门暮雨纷纷⑥。

怕黄昏忽地又黄昏，
不销魂怎地不销魂⑦？
新啼痕压旧啼痕，
断肠人忆断肠人⑧。
今春，
香肌瘦几分？
搂带宽三寸⑨。

注释:

①中吕:宫调名。十二月过尧民歌:曲牌名。王实甫的这首小令叫“带过曲”或“合调”,《十二月》共六句,通常都是四字句,这里上三下四的七字句前面三个字为衬字。后面《尧民歌》共七句,调子很谐婉,两调比较适合于表现久别的思念之情。周德清的《中原音韵》评此曲“对偶、音律、平仄、语句皆妙”。

王实甫,名德信,大都(今北京市)人。元代著名的杂剧作家、散曲家,生平事迹不详。王实甫所作杂剧今知有十四种,今存《西厢记》等三种。《西厢记》被认为是北曲最好的作品之一。他写的散曲,保存下来的只有三五篇。

②隐隐:形容远山隐隐约约不分明的样子。

③更那堪:怎么再经得起。粼粼:形容水流清澈波动的样子。

④飞绵:即柳絮。

⑤醉脸醺醺:形容桃花绯红如人喝醉酒的面颊。

⑥内阁:深闺,内室。重门:庭院深处之门。暮雨:指傍晚所下的雨。纷纷:形容雨之多。这两句是说闺房里透出阵阵香风,重门深掩到黄昏,听雨声点点滴滴敲打房门。

⑦“怕黄昏”二句:形容女子因悲伤愁苦而失神的状态。

⑧断肠人:比方十分悲痛的人。这两句写相思苦痛到极点。

⑨搂带:缕带、腰带。这两句说:人瘦了,衣带也宽了。

［中吕］　阳春曲·题情[1]

白　朴[2]

从来好事天生俭[3]，
自古瓜儿苦后甜。
奶娘催逼紧拘钳[4]，
甚是严，
越间阻越情忺[5]。

注释：

①中吕：宫调名。阳春曲：曲牌名。

②白朴（1226—1306以后），字仁甫，又字太素，号兰谷先生。原籍陕州（今山西河曲），后移居真定（今河北正定）。幼年饱经战乱，入元后不愿出仕，元灭南宋时迁家金陵（今南京），放情山水间。白朴与关汉卿、马致远、郑光祖合称“元曲四大家”，写有十六部杂剧，散曲现存小令三十多首和四篇套曲。他的散曲以清丽婉约见长，风格朴实而又俊秀。

③好事：美好的事物，这里指男女相爱。俭：节省，贫乏，这里引申为受拘束。

④拘钳：拘束、压制。这句说：奶娘管束得很紧。

⑤间阻：从中阻拦。情忺：情投意合。忺，合意。这句说：越是阻拦得严，越是要和意中人要好。

[越调] 天净沙·春[①]

白　朴

春山暖日和风，
阑干楼阁帘栊[②]，
杨柳秋千院中[③]。
啼莺舞燕，
小桥流水飞红[④]。

注释：

①越调：宫调名。天净沙：曲牌名，属北曲，句式六六六、四六，共五句四韵。

②帘栊：泛指门窗上的帘子。

③这句说：幽静雅致的小院，杨柳垂条，秋千悠然地荡来荡去。

④飞红：落花。

[越调] 天净沙·秋思[①]

马致远[②]

枯藤老树昏鸦[③]，
小桥流水人家，
古道西风瘦马[④]。
夕阳西下，

断肠人在天涯[5]。

注释：

①越调：宫调名。天净沙：曲牌名。

②马致远（约1251—1321以后），号东篱，大都（今北京市）人，元代著名的杂剧作家、散曲家。一生主要在“书会”里活动，晚年退居田园。所作杂剧今知有十五种，他的散曲保存下来的较多，存小令一百零四首，套曲十七套。作品风格多样，或豪放，或清逸，或平易自然。这首小令像一幅山水画，寥寥几笔，便把一幅苍茫萧瑟的秋郊夕照图展现在人们面前。

③昏鸦：黄昏回巢的乌鸦。

④古道：古老的驿道。

⑤断肠人：指漂泊天涯、百无聊赖的旅客。天涯：天边，指极远的地方。

［双调］　寿阳曲·失题[1]

马致远

云笼月[2]，
风弄铁[3]。
两般儿助人凄切[4]。
剔银灯欲将心事写[5]，
长吁气一声吹灭[6]。

注释：

①双调：宫调名。寿阳曲：曲牌名。

②笼:笼罩。

③铁:指悬挂在屋檐下的铁马。

④这句说:这两样东西更加使人觉得悲凉。

⑤剔银灯:挑灯芯。银灯,即锡灯,因为白色,所以通称银灯。

⑥吁气:叹气。

[南吕] 金字经·失题[1]

马致远

夜来西风里,
九天雕鹗飞[2],
困煞中原一布衣[3]。
悲,
故人知未知[4]?
登楼意,
恨无上天梯[5]!

注释:

①南吕:宫调名。金字经:曲牌名,又名阅金经、西番经,属北曲,也可入双调。此首为正格,七句四韵。

②雕鹗:猛禽,均属鹰类。

③中原:中原地区。布衣:平民,没有做官的文人,这里是作者自称。

④故人:老朋友。

⑤上天:进取、作为的意思。作者青年时期曾怀有报国大志,四处奔走都没有进取的阶梯。

[双调]　夜行船·秋思[①]

马致远

百岁光阴一梦蝶[②],
重回首往事堪嗟[③]。
今日春来,
明朝花谢,
急罚盏夜阑灯灭[④]。

[乔木查][⑤]　想秦宫汉阙[⑥],
都做了衰草牛羊野,
不恁么渔樵没话说[⑦]。
纵荒坟横断碑,
不辨龙蛇[⑧]。

[庆宣和][⑨]　投至狐踪与兔穴[⑩],
多少豪杰[⑪]。
鼎足三分半腰折,
魏耶?晋耶[⑫]?

[落梅风]　天教你富,
莫太奢,

没多时好天良夜。
富家儿更做道你心似铁[13]，
空辜负了锦堂风月[14]。

［风入松］ 眼前红日又西斜，
疾似下坡车。
不争镜里添白雪[15]，
上床与鞋履相别[16]。
休笑鸠巢计拙[17]，
葫芦提一向装呆[18]。

［拨不断］ 利名竭，
是非绝。
红尘不向门前惹[19]。
绿树偏宜屋角遮，
青山正补墙头缺。
更那堪竹篱茅舍。

［离亭宴煞］[20] 蛩吟罢一觉才宁贴[21]，
鸡鸣时万事无休歇[22]，
争名利何年是彻[23]？
看密匝匝蚁排兵，
乱纷纷蜂酝蜜，
急攘攘蝇争血[24]。
裴公绿野堂[25]，

陶令白莲社[26]。
爱秋来时那些：
和露摘黄花，
带霜烹紫蟹，
煮酒烧红叶。
想人生有限杯，
浑几个重阳节[27]？
嘱咐你个顽童记者[28]：
便北海探吾来[29]，
道东篱醉了也[30]！

注释：

①双调：宫调名。夜行船：曲牌名，又名夜游湖，入双调，三、四句对，末句要去声收，仄韵。此曲入套曲照例放在开关，与《新水令》同。马致远的这套曲共七支，周德清评它为“元词之冠”（见《中原音韵》）。

②梦蝶：庄子做梦化为蝴蝶，醒来时疑惑：“不知周之梦为胡蝶与，胡蝶之梦为周与？”后人常以梦蝶代表做梦。

③嗟：感叹。

④罚盏：罚酒。夜阑：夜深，夜尽。阑，尽。这三句是说：今天春季来到，明天花就谢了，还不及时行乐喝酒直到夜深灯灭。

⑤乔木查：曲牌名，入北双调。

⑥秦宫汉阙：秦汉的宫殿楼阁。

⑦恁：这样。这句说：不这样，打鱼、打柴的人便没有闲谈的资料了。

⑧这两句说:即使荒芜的坟地里有一些断碑,那碑上的字迹已分辨不清楚了。

⑨庆宣和:曲牌名。

⑩投至:到头来。

⑪这两句说:多少英雄豪杰,到头来一片荒坟,成了狐狸、野兔出没的场所。由于押韵和字数限制本句及下句系倒装。

⑫这两句说:三分天下的局面不长久,魏在哪里,晋又在哪里呢?

⑬更做道:即使是。

⑭锦堂风月:指富贵家庭的繁华生活。这两句说:有钱的人纵使你心肠如铁,也是白辜负了富贵生活。

⑮不争:用在句首和“若是”的意思相似。白雪:形容白发。这句说:若是照镜子,发现自己又添了白发。

⑯这句说:像俗话说的“今晚脱下鞋和袜,不知明天穿不穿”的意思。

⑰鸠巢计拙:相传斑鸠拙笨,不会做巢,借喜鹊巢产卵,故有“鸠占鹊巢”的成语。

⑱葫芦提:糊涂。这两句说:不要笑我像斑鸠似的不善于营生,自己是装作糊涂罢了。

⑲红尘:闹市的飞尘,指尘世纠纷烦恼。

⑳离亭宴煞:曲牌名。

㉑蛩:蟋蟀。这句是说:(夜深时)在蟋蟀的叫声中,刚睡得安稳。

㉒这句说:鸡一叫,就得起来干这干那,没个消停。

㉓彻:完、尽。

㉔这三句是说：蚂蚁像排成阵势的兵士一样一圈又一圈，蜜蜂酿蜜乱纷纷的，苍蝇争着吸血，忙乱得很。比喻当时黑暗的社会现实。

㉕裴公：唐代宰相裴度，封晋国公，后来因为宦官当权，在洛阳筑绿野草堂隐居，不问世事。

㉖陶令：东晋诗人陶渊明，辞官归隐前曾任彭泽县令，所以叫他陶令。白莲社：东晋僧人慧远发起，曾邀陶渊明参加。

㉗重阳节：九月九日。

㉘记者：记着。

㉙北海：东汉末年的北海太守孔融，他很好客，希望"座上客常满，樽中酒不空"，此表明作者谢客之意。

㉚东篱：马致远的号。

［中吕］ 普天乐·别友①

姚　燧②

浙江秋③，
吴山夜④，
愁随潮去，
恨与山叠。
塞雁来⑤，
芙蓉谢⑥，
冷雨青灯读书舍⑦，
怕离别又早离别。
今宵醉也，

明朝去也，
宁奈些些[8]！

注释：

①中吕：宫调名。普天乐：曲牌名。

②姚燧（1238—1313），字端甫，号牧庵，洛阳（今河南省洛阳市）人。他以散文著称，散曲风格在婉丽中见宏劲。

③浙江：江名，在今浙江省境内。有南北二源，南源为兰溪，北源为新安江，在建德会合后经杭州入海，也叫钱塘江，因为通海，秋天多潮。

④吴山：山名，在今浙江省杭州市钱塘江北岸。

⑤塞雁：秋分后从塞北飞来南方过冬的大雁。

⑥芙蓉：荷花的别名。

⑦青灯：油盏灯，发光青微，故名。

⑧宁耐：忍耐。些些：前一个“些”是指一些的意思，后一个“些”字，语尾助词。

［正宫］　鹦鹉曲·渔父[1]

白　贲[2]

侬家鹦鹉洲边住[3]，
是个不识字渔父。
浪花中一叶扁舟，
睡煞江南烟雨。

[么][4]　觉来时满眼青山，
抖擞绿蓑归去[5]。
算从前错怨天公，
甚也有安排我处[6]。

注释：

①正宫：宫调名。鹦鹉曲：曲牌名。

②白贲，诗人白珽（1248—1328）之子，号无咎。钱塘（今浙江省杭州市）人，生卒年不详。专写散曲，也善于绘画。

③侬家：自称，我家。鹦鹉洲：地名，在湖北汉阳西南长江中。这里是虚指一个地方。

④么："幺篇"之省。北曲一般只有一段，若后段即前段的重复（或略有变化），后篇即称"幺篇"（南曲一般称"前腔"）。

⑤抖擞：抖动，摇晃。绿蓑：用绿草编成的雨衣。

⑥甚：真，实在。

［双调］　折桂令·长沙怀古[1]

卢　挚[2]

朝瀛洲暮舣湖滨[3]，
向衡麓寻诗[4]，
湘水寻春[5]。
泽国纫兰[6]，
汀洲搴若[7]，
谁为招魂[8]？

空目断苍梧暮云[9]，
黯黄陵宝瑟凝尘[10]。
世态纷纷，
千古长沙，
几度词臣[11]。

注释：

①双调：宫调名。折桂令：曲牌名，又名蟾宫曲、天香引。此曲的句式从十句至十七句不等，首句必六字，以下若干四字句，中间有两个七字句，结尾处的四字句可以增减。长沙：古又称潭州，今湖南省长沙市。

②卢挚（约1242—约1315），字处道，又字莘老，号疏斋，颍川（今属河南）人。其诗文均著名于时，文章与姚燧齐名，世称“姚卢”，现存一百多首作品都是小令。贯云石在《阳春白雪》序中说他的散曲风格妩媚，如“仙女寻春，自然笑傲”，实则其作品还有粗率质朴的一面。

③瀛洲：唐太宗李世民为了网罗人才，成立文学馆。入选者极受人羡慕，叫“登瀛洲”。这里暗喻自己有集贤院的荣衔。舣：泊船。湖滨：湖边，指长沙，长沙地处洞庭湖边。这句说：我早上在朝廷做官，傍晚便乘船来到了长沙。

④衡麓：衡山山麓，即岳麓山，在长沙郊外。

⑤湘水：湘江，经长沙注入洞庭湖。寻春：旅游的意思。

⑥泽国：水乡，沼泽地带。纫兰：佩戴着兰花。纫，连缀起来。“纫兰”一词出自屈原《离骚》“纫秋兰以为佩”，原意是外佩秋兰，表示内有美德。

⑦汀洲:临水的沙地。搴若:采取杜若。搴,采摘。若,杜若,一种香草。这句说:采一枝香草送给远方友人。

⑧招魂:原是屈原的一篇赋名,为昏君楚怀王招魂,使他清醒起来。这句说:我为谁招魂呢?这三句是联想到屈原怀有报国大志而不能实现的史实,以此暗喻自己。

⑨空:白白地。目断:看不见。苍梧:故城在今湖南省宁远县西,舜的死葬地。

⑩黯:黯然,无精打采的样子。黄陵:黄陵山,又名湘山,在今湖南省湘潭县北。瑟:有二十五弦的拔乐器。

⑪几度:多少个(次)。度,次。词臣:本指皇帝身边的文学侍从,这里泛称骚人、词客、曲家。这三句是说:世事纷乱,千百年来曾多次把像屈原那样的有志之文人学士放逐到长沙。

[双调] 寿阳曲·答卢疏斋①

珠帘秀②

山无数,
烟万缕,
憔悴煞玉堂人物③。
倚篷窗一身儿活受苦④。
恨不得随大江东去⑤。

注释:

①双调:宫调名。寿阳曲:曲牌名。卢疏斋:卢挚,这首曲子是答卢挚的。

②珠帘秀，姓朱，排行第四，人称朱四姐，元大都（今北京）著名歌妓，生卒年不详，主要活动在至元、大德年间（1264—1307）。《青楼集》说她演杂剧独步当时，花旦等各种行当角色都各尽其妙。她也善写散曲，常和一些曲家唱和。

③玉堂人物：宋代以后称翰林院为“玉堂”。元曲中多称文士曰玉堂人物，这里指的是卢挚，因为他做过翰林学士承旨。

④篷窗：船窗。

⑤这句是说：送行的人，恨不得随着东流的江水去追逐离船。

［双调］　水仙子·咏江南[①]

张养浩[②]

一江烟水照晴岚[③]，
两岸人家接画檐[④]。
芰荷丛一段秋光淡[⑤]，
看沙鸥舞再三。
卷香风十里珠帘[⑥]。
画船儿天边至[⑦]，
酒旗儿风外飐[⑧]，
爱杀江南！

注释：

①双调：宫调名。水仙子：曲牌名，又名凌波仙、湘妃怨、冯夷曲。头两句相对。

②张养浩（1270—1329），字希孟，号云庄，济南（今属山东）

人。作品题材多样,有的寄情林泉,有的直接抨击现实,关心民生疾苦。其散曲风格清逸豪迈。

③岚:山林中的雾气。

④接画檐:屋檐连着屋檐。

⑤芰荷:出水的荷。这句说:江面荷花丛生,秋光也显得恬淡。

⑥珠帘:珠子缀饰的窗帘。

⑦画船:有彩绘的船。

⑧飐:被风吹得颤动。

[中吕] 喜春来·失题[1]

张养浩

路逢饿殍须亲问[2],
道遇流民必细询,
满城都道好官人。
还自哂[3],
只落得白发满头新[4]。

注释:

①中吕:宫调名。喜春来:曲牌名。

②饿殍:将要饿死的人。

③哂:微笑。

④"只落得"句:只落得增添了许多白发,暗含自己为灾民操劳,却得不到朝廷的支持。

［双调］　殿前欢·失题[①]

贯云石[②]

隔帘听，
几番风送卖花声[③]。
夜来微雨天阶净。
小院闲庭，
轻寒翠袖生。
穿芳径，
十二阑干凭[④]。
杏花疏影，
杨柳新晴[⑤]。

注释：

①双调：宫调名。殿前欢：曲牌名，句式是三七七、四五三五、四四，九句八韵，末两句须对。

②贯云石（1286—1324），本名小云石海涯，号酸斋，又号芦花道人，元功臣阿里海涯之孙，因为父名贯只哥，便以贯为氏。他深受汉族文化的熏陶，弃武学文，就学于姚燧。所写散曲豪放中见清逸，和同时代的徐再思（甜斋）齐名。

③卖花声：宋元时女子的卖花声好像唱歌一样，后来被谱成曲子，叫《卖花声》。

④十二阑干：十二是虚指，意谓所有的阑干。

⑤这两句写景已暮春，人却从中引出新的思绪。

［双调］　水仙子·夜雨[①]

徐再思[②]

一声梧叶一声秋[③]，
一点芭蕉一点愁[④]，
三更归梦三更后[⑤]。
落灯花棋未收[⑥]。
叹新丰孤馆人留[⑦]。
枕上十年事，
江南二老忧[⑧]，
都到心头。

注释：

①双调：宫调名。水仙子：曲牌名。

②徐再思，字德可，嘉兴(今属江苏省)人，生卒年不详。好甜食，故自号甜斋，和贯云石约同时。贯云石号酸斋，与徐再思并擅乐府，后人把他们的作品合辑，称《酸甜乐府》。他写了一百零三首小令，风格清新秀丽。

③梧叶：梧桐树叶。

④这两句说：秋天夜晚，雨点落在梧桐和芭蕉的叶上，使人听了格外忧愁。

⑤三更：半夜，古人把夜晚分为五更，每更约两小时。这句说：三更从梦中醒来，一直没有睡着。

⑥灯花，灯芯烧成的灰烬犹如花形。棋未收：独自推敲棋

路。这句化用宋代赵师秀的诗句“有约不来过夜半,闲敲棋子落灯花”,写夜雨客居时的孤寂。

⑦新丰:故址在今陕西省西安市临潼区北,这里代指旅居的地方。孤馆:独宿旅馆。

⑧“枕上”二句:上句指夫妻恩爱,下句指父母年老。

[中吕] 红绣鞋·次韵[①]

张可久[②]

剑击西风鬼啸,
琴弹夜月猿号[③],
半醉渊明可人招[④]。
南来山隐隐[⑤],
东去浪淘淘[⑥]。
浙江归路杳[⑦]!

注释:

①中吕:宫调名。红绣鞋:曲牌名,属北曲。次韵:按照另一首作品的韵脚次序写作。

②张可久(1280—约1352),字小山,庆元路(治今浙江宁波)人。平生好出游,足迹遍及江南。他是元后期很负盛名的散曲家,今存小令八百五十余首,套数九篇。内容大多是闲居抒情和写景,风格典雅清丽,近似诗词写法,少数作品也保留着泼辣口语化的散曲本色。

③这两句是说:在西风里击剑好似鬼哭,月夜弹琴的声音

像是猿猴惨叫。形容人愤懑不平时的神态。

④渊明：东晋诗人陶渊明。可人：一个人的品行正符合人意。可，称意、合意。招：招附。这句是说：整天吃半醉的陶渊明正合我意。

⑤南来：作者故乡在南方。隐隐：隐隐约约。

⑥这句的意思是一去不返。

⑦杳：遥远。

［越调］　凭阑人·江夜[1]

张可久

江水澄澄江月明[2]，
江上何人挡玉筝[3]？
隔江和泪听[4]，
满江长叹声！

注释：

①越调：宫调名。凭阑人：曲牌名。

②澄澄：江水明净清澈的样子。

③挡：拨动，弹奏。筝：一种拨弦的横卧式乐器，元代是十三弦，现在增为十六弦。

④和泪：含着泪水。

［双调］　水仙子·重观瀑布[1]

乔　吉[2]

天机织罢月梭闲[3]，

石壁高垂雪练寒④。
冰丝带雨悬霄汉⑤,
几千年晒未干,
露华凉人怯衣单⑥。
似白虹饮涧⑦,
玉龙下山⑧,
晴雪飞滩⑨。

注释:

①双调:宫调名。水仙子:曲牌名。

②乔吉(? —1345),字梦符,号笙鹤翁,又号惺惺道人。太原(今属山西)人,后来流寓杭州。一生穷困潦倒,寄情诗酒。他的散曲既继承前期作家质朴的特点,又善于塑造艺术形象和运用方言俗语,以奇特取胜,与张可久齐名。现存杂剧《两世姻缘》等三种,小令二百零九首,套数十一篇。

③天机:天上的织布机。月梭:以月为织布梭。闲:停止。

④雪练:洁白的丝绢。练,细绢。这里用来形容瀑布。

⑤霄汉:天空。霄,云。汉,天河。

⑥露华:晶莹的露水。怯:怕。

⑦白虹:白色的长虹。

⑧玉龙:白色的龙,这里也是用来形容瀑布。

⑨晴雪:晴空的雪花,指飞溅的水珠。

[中吕] 山坡羊·冬日写怀①

乔　吉

朝三暮四,

昨非今是[2]，
痴儿不解荣枯事[3]。
攒家私[4]，
宠花枝[5]，
黄金壮起荒淫志。
千百锭买张招状纸[6]。
身，
已至此；
心，
犹未死。

注释：

①中吕：宫调名。山坡羊：曲牌名。写怀：有所感而写。

②这两句说：达官贵人们反复无常，虚伪欺诈。

③“痴儿”句：指迷恋名利的人不明白世间盛衰荣枯事，因为他们根本不懂做人的道理。荣枯：指事物的兴衰、情理的得失。

④攒：积聚。家私：指财产。

⑤花枝：指美色。

⑥千百锭：数不清的钱。锭，五两或十两黄金（白银）为一锭。招状：罪状、供状。这句说：用去千百两金银到头来不过等于买到一张招供认罪的状纸。

［南吕］　梁州第七·射雁[1]

乔　吉

鱼尾红残霞隐隐[2]，

鸭头绿秋水涓涓[3]。
芙蓉灿烂摇波面。
见沉浮鸥伴[4]，
来往鱼船。
平沙衰草，
古木苍烟。
江乡景堪爱堪怜[5]，
有丹青巧笔难传[6]。
揉蓝靛绿水溪头[7]，
铺腻粉白蘋岸边[8]，
抹烟脂红叶林前。
将笠檐儿慢卷。
迎头，
仰面，
偷睛儿觑见碧天外雁行现。
写破祥云一片笺[9]，
头直上慢慢盘旋。

［一枝花］ 忙拈鹊画弓[10]，
急取雕翎箭[11]。
端直了燕尾钑[12]，
搭上虎筋弦[13]。
秋月弓圆，
箭发如飞电。
觑高低无侧偏[14]，

正中宾鸿[15],
落在蒹葭不见[16]。

［尾］　　转过紫荆坡白草冢黄芦堰[17],
惊起些红脚鸭金头鹅锦背鸳。
吓得这鸂鶒儿连忙向败荷里串[18]。
血模糊翅扇,
扑剌剌可怜,
十二枝梢翎向地皮上剪[19]。

注释:

①南吕:宫调名。梁州第七:曲牌名,在《梁州令》曲牌的顺序中列第七,故名。南北曲均有。套数中此曲后加[一枝花]接尾声,为常用套式。此曲中首两句对,四字四句各自对偶,七字三句必须作扇面对。

②鱼尾红:暗红色,用鱼尾来形容晚霞的颜色。

③鸭头绿:淡绿色,形容江水碧绿犹如鸭头。涓涓:细水慢流的样子。

④见:看见,是下面四句的领字。

⑤怜:爱。

⑥丹青:绘画的颜色,这里指画家。

⑦蓝靛:靛蓝,一种青蓝色染料。这句说溪水中好像是放进了青蓝色的染料一样变成了深绿色。

⑧白蘋:草名,生长在浅水中。

⑨这句说:万里长天澄净空明像是一张诗笺,雁阵飞来像

天空中出现了一抹祥云，又像是诗笺上出现了一串字迹。写破：写出。

⑩拈：用手指头夹住。鹊画弓：画有喜鹊图样的弓。

⑪雕翎箭：箭翅用雕翎做成，翅硬箭就飞得劲利，所以雕翎箭是利箭。

⑫燕尾铍：形状像燕尾，箭镞较薄而阔、箭杆较长的一种箭。

⑬虎筋弦：形容弓弦坚韧。

⑭觑：瞄准。

⑮宾鸿：过路的大雁。鸿，大雁。宾，为过客之意。

⑯蒹葭：蒹是荻苇，葭是芦苇。

⑰紫荆坡：长满紫荆的山坡。冢：坟堆。

⑱鸂鶒：一种紫色的水鸟，比鸳鸯大也成对而行，故又称“紫鸳鸯”。

⑲梢翎：尾梢上的翎毛。剪：抖动。

［双调］ 落梅风·暮春①

赵善庆②

寻芳宴③，
拾翠游，
杏花寒禁烟时候④。
叫春山杜鹃何太愁⑤？
直啼得绿肥红瘦⑥！

注释：

①双调：宫调名。落梅风：曲牌名。

②赵善庆,字文宝,饶州乐平(今江西省乐平市)人,生卒年不详。所作杂剧今知有《七德舞》《糜竺收资》《教女兵》《姜肱共被》《掷笏谏》《醉写〈满庭芳〉》《负亲沉子》《村学堂》八种,皆已失传。散曲今存近三十首,善于写景,风格秀丽,音律工整。

③寻芳:和下句的"拾翠",都是指游春赏景。

④禁烟时候:指清明节前两天(或一天)的寒食节,古时寒食与清明正是花红柳绿时节,节日里禁止烧火升烟。

⑤杜鹃:布谷鸟,春天叫声不停,好像催春一样。这句是说:杜鹃在春山里叫个没完,为什么那样忧愁呢?

⑥绿肥红瘦:树木茂盛,春花败落,即春将去夏将来。

[双调] 清江引·失题[1]

杨朝英[2]

秋深最好是枫树叶,
染透猩猩血[3]。
风酿楚天秋[4],
霜浸吴江月[5],
明日落红多去也[6]。

注释:

①双调:宫调名。清江引:曲牌名。

②杨朝英,字英甫,号澹斋,青城(今山东高青)人,后居龙兴(今江西南昌),生卒年不详。他编有《阳春白雪》《太平乐府》两部散曲集,元散曲多赖以传世。他的散曲风格有时清隽,

有时豪放。现存小令二十七首。

③猩猩血:像猩猩血一样的红色,古人好以猩猩的血比喻花的红色。

④这句是说:南方的秋天风越来越厉害。酿:本意是酿酒,这里引申为酝酿、促成、加深的意思。楚天:南方的天空,长江中下游古代曾为楚国。

⑤浸:逐渐滋染。吴江:泛指南方的江河,和上句楚天变文互义。

⑥落红:落花。

[正宫] 塞鸿秋·浔阳即景[①]

周德清[②]

长江万里白如练[③],
淮山数点青如淀[④]。
江帆几片疾如箭[⑤],
山泉千尺飞如电。
晚云都变露,
新月初学扇[⑥],
塞鸿一字来如线[⑦]。

注释:

①正宫:宫调名。塞鸿秋:曲牌名。浔阳:今江西省九江市。

②周德清(1277—1365),字挺斋,高安(今属江西省)人。工乐府,善音律,著《中原音韵》,为北曲立法,总结了北曲用字

与押韵的经验,对散曲创作影响很大。现存散曲小令三十一首,套数三篇。

③练:白绢。

④淮山:指淮河两岸的山,这是虚拟写法。淀:同"靛",青蓝色的染料。

⑤江帆:江面上的船。

⑥新月:初出之月。学扇:指月欲圆未圆。扇,团扇。这句说:新月开始像团扇那样圆了起来。

⑦塞鸿:自边塞飞来的鸿雁。

[中吕] 红绣鞋·郊行[1]

周德清

穿云响一乘山轿[2],
见风消数盏村醪[3]。
十里松声画难描。
枫林霜叶舞,
荞麦雪花飘[4],
又一年秋事了[5]。

注释:

①中吕:宫调名。红绣鞋:曲牌名。

②穿云响:形容飞快。一乘:一车四马为一乘,这里是一副的意思。

③村醪:这里指土酒。这句说:喝了几杯土酒,风一吹就解

醉了。

④荞麦：北方一种粗粮作物，开白花，春秋两种，秋天开花较晚。雪花飘：形容如雪的荞麦花遍地开。

⑤秋事：秋收。了：完结，这里是定局的意思。

[般涉调] 哨遍[①] · 高祖还乡[②]

睢景臣[③]

[哨遍] 社长排门告示[④]，
但有的差使无推故[⑤]。
这差使不寻俗。
一壁厢纳草除根，
一边又要差夫，
索应付[⑥]。
又言是车驾，
都说是銮舆[⑦]，
今日还乡故[⑧]。
王乡老执定瓦台盘[⑨]，
赵忙郎抱着酒葫芦[⑩]。
新刷来的头巾，
恰糨来的绸衫[⑪]，
畅好是妆么大户[⑫]。

[耍孩儿] 瞎王留引定伙乔男女[⑬]，
胡踢蹬吹笛擂鼓[⑭]。

见一彪人马到庄门[15]，
匹头里几面旗舒[16]。
一面旗白胡阑套住个迎霜兔[17]，
一面旗红曲连打着个毕月乌[18]，
一面旗鸡学舞[19]，
一面旗狗生双翅[20]，
一面旗蛇缠葫芦[21]。

[五煞]　红漆了叉[22]，
银铮了斧[23]，
甜瓜苦瓜黄金镀[24]。
明晃晃马革登枪尖上挑[25]，
白雪雪鹅毛扇上铺[26]。
这几个乔人物[27]，
拿着些不曾见的器仗，
穿着些大作怪衣服。

[四煞]　辕条上都是马，
套顶上不见驴[28]。
黄罗伞柄天生曲[29]。
车前八个天曹判[30]，
车后若干递送夫[31]。
更几个多娇女[32]，
一般穿著，
一样妆梳。

［三煞］ 那大汉下的车，
众人施礼数。
那大汉觑得人如无物[33]。
众乡老展脚舒腰拜，
那大汉那身着手扶[34]。
猛可里抬头觑[35]，
觑多时认得，
险气破我胸脯。

［二煞］ 你身须姓刘[36]，
你妻须姓吕，
把你两家儿根脚从头数[37]：
你本身做亭长耽几盏酒[38]，
你丈人教村学读几卷书。
曾在俺庄东住，
也曾与我喂牛切草，
拽坝扶锄[39]。

［一煞］ 春采了桑，冬借了俺粟，
零支了米麦无重数。
换田契强秤了麻三秤，[40]
还酒债偷量了豆几斛。
有甚胡突处[41]？
明标着册历[42]，

见放着文书。

［尾］　少我的钱差发内旋拨还[43]，
欠我的粟税粮中私准除[44]。
只道刘三、谁肯把你揪捽住[45]？
白甚么改了姓更了名唤做汉高祖[46]！

注释：

①般涉调：宫调名。哨遍：或作“稍遍”，曲牌名。北曲入般涉调，南曲入小石调。

②高祖还乡：汉高祖刘邦在他登基后的第十二年（前195年）十月，曾回到他的老家沛县。此事在《史记·汉高祖本纪》《汉书·高帝纪》里都有详细记载。这里是借题发挥，虚构故事，基于元代社会生活创造出来的一篇文学作品。作品用夸张的手法，数说刘邦的无赖出身和发迹经历，挖苦皇帝的车驾銮舆场面和回乡时的状况，对封建统治者进行了嘲讽。无论是思想性，还是艺术性，它都是元代散曲里比较优秀的作品。

③睢景臣，字景贤，扬州（今属江苏省）人，生卒年不详，早期元曲作家。他“心性聪明，酷嗜音律”。写过三个杂剧，都没有保存下来。散曲现存三篇套数，《高祖还乡》是他的代表作品。

④社长：元代以五十家为一社，社长相当于今日的村主任。排门告示：挨户通告。

⑤但：凡，只要。这句说：只要有差使，都不能借故推辞。

⑥索：须。这两句说：一边要供应马料，一边还要当差夫，到

处要应付。

⑦车驾:本指配齐马匹的车乘,此代指皇帝。銮舆:皇帝的坐车,也被作为皇帝的代名词。

⑧乡故:故乡。

⑨乡老:乡村中的头面人物,一般为年老有德者。瓦台盘:瓦制的托盘。

⑩忙郎:"甿郎",田舍郎。农民的通称。

⑪糨:衣服洗净后沾米汤熨平。

⑫畅好是:直正是。妆么:装模作样。

⑬王留:元曲中常用来称指乡下人。引定:引来。乔男女:要奸使坏的人。

⑭胡踢蹬:胡乱,胡闹。

⑮一彪:一大队。彪,三五百匹马相聚为彪。

⑯匹头:劈头、当头。

⑰胡阑:"环"字的复音。迎霜兔:白兔。

⑱曲连:"圈"字的复音。毕月乌:乌鸦。

⑲鸡学舞:指舞凤旗。

⑳狗生双翅:指飞虎旗。

㉑蛇缠葫芦:指蟠龙戏珠旗。以上都是用乡农的口气去随意解释仪仗旗的名称,有蔑视的意味。

㉒红漆了叉:和下句的"银铮了斧"都是指仪仗。

㉓铮:镀。

㉔"甜瓜苦瓜"句:指金瓜锤。

㉕"明晃晃"句:指朝天革登。

㉖"白雪雪"句:指鹅毛宫扇。

㉗乔人物:装模作样的人。

㉘套顶:牲口脖子上的套圈。这两句是写乡民对车驾全部用马表示吃惊,因为当时农村里多用骡驾辕,用驴拉鞘。

㉙黄罗伞:帝王乘舆的车盖,状如一把弯柄大伞。

㉚天曹判:天界的判官,指车前导驾的侍臣,因为他们脸上毫无表情。

㉛递送夫:随时给皇帝传递物品的侍从。

㉜多娇女:指宫女。

㉝觑:看。

㉞那身:同"挪身",移动身子。这两句说:父老乡亲都屈脚弯腰拜见他,那大汉(指刘邦)只是移动身子用手略微扶一扶。

㉟猛可里:猛然间。

㊱须:本来。

㊲根脚:根底,底细,这里是出身的意思。

㊳亭长:秦代十里为亭,主管者为亭长。刘邦曾任泗水亭长。耽:沉溺,迷恋。

㊴拽坝扶锄:这里泛指种地。

㊵三秤:三十斤。

㊶胡突:胡涂。

㊷标:定。册历:账簿。

㊸差发:当官差。也可交钱以免差,称差发钱。旋:立即。

㊹这两句说:该我的钱你就从当官差里抵偿,欠我的粮,你就暗地里在税粮里扣除,都是揭刘邦假公济私。

㊺刘三:指刘邦。刘邦又称刘季,且因其兄字仲,故称。揪捽:抓。

㊻这句说:你平白无故地为什么更名改姓叫汉高祖。这是一句嘲讽皇帝的俏皮话。

书后寄语

我国传统诗歌的主要形式，至此已概略介绍完了。传统诗歌源远流长的发展历史、造诣至深的艺术成就，以及灿若群星的名家所留下的数以万千计的作品，不仅令每一个中华儿女感到自豪，也深得世界人民的厚爱。

中国传统诗歌历来被看作中华民族精神文明和审美情操的艺术体现，是华夏神州珍贵文学遗产的重要组成部分。这些体式多样的诗歌作品，就其思想内容而言，大至时代风云、名山大川，小到儿女情长、庭院琐事、风花雪月、小桥流水……真乃万象尽收，无所不及，反映社会生活全面而又深刻。从其艺术形式来看，更是诗、词、曲、歌诸体皆备，异彩纷呈；声、韵、格、律众美荟萃，百代垂范。这正是其何以能够各领风骚数百年，以至上千载，何以能够脍炙人口，享誉中外，直到今天仍然能同新诗争奇斗艳的原因。对于这些看似繁难、实则艺绝格高的诗歌珍品，尤其是它那非新诗可与伦比的意境美、语言美，以及体现在诗的韵律、节奏、平仄、对仗等方面的独特艺术技巧，若能去除偏见，认真地加以学习、借鉴，必将大大提高新诗的艺术档次和民族化程度，大大有益于当代诗歌的繁荣发展。

遗憾的是，新文化运动至今，我国诗坛的实践情况却远非如此。诚然,新诗潮作为一个方面军,确曾为推动反帝反封建的新文化运动做过一定贡献,但也毋庸讳言,它在引进西方模式提倡新诗的同时,对我国最具诗歌特点、最富民族特点,而且颇有生命力的近体诗、词、散曲,从形式到技巧都采取了否定太多、压抑过甚的做法,人为地丢弃了民族诗歌的艺术精华。其结果,既影响了传统诗歌艺术的进一步发展提高,也不利于新诗沿着民族化的正确道路开拓前进。事实上,倒使这些为大众乐于接受的诗歌形式渐渐疏远了人民,以致近百年来新诗虽然几经提倡,却未能像唐诗、宋词、元散曲那样真正繁荣起来,形成又一座艺术高峰,也没有推出数量上可同诗、词、散曲比拟的传世佳作。恰恰相反,长期遭否定、受歧视的近体诗、词、散曲,却在遭冷遇、受压抑的逆境中余韵不灭,继续前进,20 世纪六七十年代得以复苏,而今则更是知音渐多、振兴可待了。

新诗提而不昌、传统诗词抑而不衰的客观现实表明,艺术的规律是不以人的意志为转移的。尽管文艺作品成败的决定性因素不是艺术技巧,然而有无为人民大众喜闻乐见的、尽可能完美的艺术形式却是至关重要的。今天,要想繁荣、发展中华民族的诗歌文化,就应如习近平总书记在党的十九大上所倡导的那样,要深入挖掘中华优秀传统文化,并且结合时代要求予以继承和创新;就应立足本国,面向大众,认真继承发扬民族诗歌传统,切实从有着三千年光辉历史和丰硕艺术成就的传统诗歌形式及其艺术技巧中汲取养料,积极从事思想精深、艺术精湛,并且为广大人民群众喜闻乐见的新时代中华诗歌的创作实践。舍此,振兴当代诗坛的目的则难以达到。

可供我们学习借鉴的各种传统诗歌形式和艺术技巧,本书所谈只是一个梗概,所举例篇也如沧海之一粟。有志于学习、继承、发扬光大民族诗歌传统以振兴新时代诗歌艺术的朋友们,如欲进一步寻芳览胜,纵情遨游,则应投身到祖国传统诗歌艺术的汪洋大海中去下一番苦功夫。

图书在版编目(CIP)数据

各领风骚数百年:中国传统诗歌形式概览/张其峰编著. —郑州:河南文艺出版社,2019.4(2020.10 重印)

ISBN 978-7-5559-0811-1

Ⅰ.①各… Ⅱ.①张… Ⅲ.①古典诗歌-诗歌研究-中国 Ⅳ.①I207.22

中国版本图书馆 CIP 数据核字(2019)第 046824 号

出版发行 河南文艺出版社
本社地址 郑州市郑东新区祥盛街 27 号 C 座 5 楼
邮政编码 450018
承印单位 永清县晔盛亚胶印有限公司
经销单位 新华书店
纸张规格 890 毫米×1240 毫米 1/32
印　　张 7.5
字　　数 155 000
版　　次 2019 年 4 月第 1 版
印　　次 2020 年 10 月第 2 次印刷
定　　价 35.00 元

版权所有 盗版必究

图书如有印装错误,请寄回印厂调换。

印厂地址 永清县工业园区大良村西部
邮政编码 065600 电话 0316-6658662 6658663